咕
噜
GuRu

The Letter to My Daughter

致女儿书

[美] 玛雅 · 安吉洛 著 | 黄静远 译

上海三联书店

感谢那些在黑暗与光明的日子里像母亲一样关怀我的女性们：

安妮·亨德森

薇薇安·巴克斯特

弗朗西斯·威廉姆斯

波蒂斯·鲍德温

阿米什尔·格伦

感谢那位至今仍允许我成为她女儿的女性：

多萝西·海特博士

感谢那些非我所生却允许我像母亲一样关怀的人们：

奥普拉·温弗里

洛萨·约翰逊·巴特勒

莉迪亚·斯塔基

盖尔·B. 金

瓦莱丽·辛普森

斯蒂芬妮·弗洛伊德·约翰逊

丁奇·韦伯

布伦达·克里斯普

贝蒂·克雷

阿拉巴·贝纳斯克

弗朗西斯·贝利

帕特里霞·凯西

目 录

致我女儿的信

亲爱的女儿：

这封信颇费周折方才成形，其实，我心里一直都明白，我想直白地告诉你的，无非某些亲身教训，以及这些教训是怎样获得的。

我算是长寿的了。我相信生命眷顾生者，所以我敢于不断尝试，尽管有胆战心惊的时候，但我胆大如初。在这本书中，我只写了在我看来有用的事情和教训，但我没有告诉你我的解决方案，因为我知道你聪慧、有创意也有办法，会找到自己合用的解决方案。

在这本书里，你会读到我的一些成长经历，意外发生的危急事件，几首诗，一些轻松故事，让你开怀，也可能引你深思。

在我的生命中有些贵人，他们给了我宝贵的指导；也有一些小人，他们时刻提醒我世界并非完美无缺。

我曾犯过很多错误，而且只要活着就还会犯错。当我见识到痛苦，看到自己的愚笨导致的不快，我学会了承担责任，学会先是宽宥自己，随后向因我的错误而受到伤害的人道歉。木已成舟无法改变，面对上苍唯一可做的就是悔改，期望自己真诚的歉意能被接纳。

生活中的有些事我们无法掌控，但你不可以因此而退缩。让自己成为阴霾中的彩虹吧。万事别先抱怨。你所不喜欢的，尽力去改变。实在改变不了，那就调整一下自己的思路，由此你或可寻到新的解决之道。

永远不要长吁短叹，怨天尤人。你的悲叹等于告诉一头野兽，供它欺凌的受害者就在身边。

人活一世总该留些精彩在人间。

我只养育过一个孩子，那是个儿子，但我有无数的女儿。无论你是黑人还是白人，是犹太人还是穆斯林，是亚洲人还是说西班牙语的人，是印第安人还是阿留申人；无论你胖或瘦，漂亮或不漂亮，同性恋或异性恋，识字或不识字；我在和你们每个人说话。我将这一切献给你们。

家

我出生在密苏里州的圣路易斯市，但三岁的时候我搬到了阿肯色州的斯坦普斯，从此在那里长大。我同奶奶安妮·亨德森（Anne Henderson）、威利叔叔（Uncle Willie），还有我唯一的兄弟贝利（Bailey）住在一起。

十三岁那年我来到旧金山与母亲相聚。后来又到纽约上学。随后的岁月里，我在巴黎、开罗、西非乃至美国各地都生活过。

这些都是事实，但事实对于一个孩童而言不过是背下的几个词罢了。“我的名字叫约翰妮·托马斯。我住在中央大街220号。”全是事实，却和孩子眼中的真实无关。

在斯坦普斯，我成长的真实世界，是在各种降服中进行不懈的争斗。先降服于我每天见到的成年人，他们全是黑人，全都人高马大。其次，必须服膺黑人比白人低劣的观念，尽管我极少见到白人。

也不知道究竟是为什么，我生来就不认为我比人低劣，除了我哥哥。我自觉挺聪明的，但知道贝利更聪明。这或许是因为他老是说他比我聪明，还暗示他可能是世界上最聪明的人。他在九岁上下就得出了这样的论断。

总的来讲，在南方，尤其是阿肯色州的斯坦普斯镇，将人高马大的成年黑人弄成心理上的侏儒，这一套路在数百年中早已被玩得得心应手了。哪怕是贫穷的白人小孩也仿佛口含天宪，可以对颇受嘉许的年长黑人直呼其名，甚或给他取上个诨名以便呼喝。

托马斯·沃尔夫（Thomas Wolf）曾用一部美国

伟大小说的书名警告："你回不得家了"[1]。我喜欢这本书，但从不同意这个书名。我认为没人可以永远漂泊在外不回家。我相信，人总携着家里的影子、梦境、恐惧与恶龙，藏在皮肤之下，眼睛的犄角旮旯里，或是耳垂的软骨里。

家是充满朝气的地方，只有孩子是其间真实存在的居民。父母、兄弟姊妹和邻居不过是往来的幻影，对这个孩子或在这个孩子四周，做些高深莫测的奇怪事情。

正因如此，地理对于年少的观察者没什么意义。如果某人长在西南地区，荒漠和广阔的天空是再自然不过的。纽约充斥着电梯、轰隆作响的地铁和无数人群，而东南部的佛罗里达则到处是棕榈、阳光和海滩。对于生活在那些地区的孩童来说，这一切不过是外部世界的常态，过去、现在、未来一以贯之。由于那个孩子无力控制环境，她只得寻找属于自己的地方，一个只有她自己、外人不得其门而入的地方。

1　托马斯·沃尔夫于1940年写下自传体小说《你回不得家了》（*You Can't Go Home Again*）。——译者注（以下无如特别说明均为译者注）

我可以有把握地说，大部分人没有长大。我们找到了停车的地方，拥有了信用卡。我们结婚，大着胆子生了几个孩子，于是便声称自己长大了。在我看来，我们最多只是变老了。岁月经年在我们身体和脸上留下沧桑的痕迹，但我们的真实自我，那个内心中潜藏着的孩童，却依然如木兰花般单纯而羞涩。

我们可以老成、练达地行事，但我相信，只有当我们深入自己的内心并找到家——那个我们可以托身并且可能是唯一可以托身的地方，才最觉安稳。

慈善

给生而慷慨的人讲施予的意义，让我想到牧师热切地给身心投入的唱诗班布道。我之所以有信心继续写下去，是因为我没忘记，唱诗班确实需要时不时地被鼓舞一下，并为其投入的演唱而被感谢。在不断的鼓励下，那些嗓子能一次又一次饱含深情地歌唱。

是每一位美国施予者使得这些组织得以正常运营：美国癌症学会，红十字会，救世军，慈善超市，镰状细胞性贫血救助社团，美国犹太人协会，美国有色人种协进会，全国城市联盟。这张列表还包括：教会基金会，犹太教会项目，穆斯林清真寺协会，佛教祠堂，其他团体、官员以及城市和社会上的俱乐部。但其中最大的捐助款项来自慈善家。

慈善（philanthropy）这个词源自两个希腊词：philo——对某物的热爱；以及 anthro——人类。所以，慈善家是人道的热爱者。他们建造雄伟的大楼，让人们在里面工作或游乐。他们捐赠大笔的款项，支持改善社会健康和教育的组织。他们也是艺术的主要资助人。

提及慈善往往会激起笑容，感觉从慷慨但未知之人那里意外收获了好运。

还有那些喜欢自视为慈善家的人，他们往往被某个代表团或委员会代表，与他们慷慨行为的受益者脱节。我不是慈善家。我只想做一个有善心的普通人。这种善心说白了不外乎就是："我之所有有余，而你之所有不足。我愿意以我之所余补你之不足。"如果所余的是有形的资产，比如钱财或是货物，那么好吧，我就把这些资产拿出来。如果不是，我还有别的方式，因为我知道善意的姿态和言语也能带来无上的快乐，或抚慰受伤的心灵。

我奶奶像父母一样将我拉扯大，深刻地影响了我对这个世界的看法，以及如何在这个世界中安身立命。在我眼中她就是高贵的化身。她说话轻柔，走起路来慢条斯理，手背在身后，十指紧扣。我学她的样子惟妙惟肖，邻居把我叫作她的影子。

“亨德森老姐姐，我瞧见你的影子又跟着你了。”

于是奶奶就会看着我，微笑着说：“嗯，你说得对。我停她也停。我走她也走。”

我十三岁的时候，奶奶将我送去加利福尼亚与母亲相聚，她很快返回了阿肯色州。与我在阿肯色长大的那个小小的家相比，加州的这个家完全是另一个世界。母亲将一头直发捣鼓成超时髦的波波头。奶奶不喜欢女性烫头发，所以我从小到大扎的都是最为自然的辫子。奶奶扭开收音机，听的都是新闻、宗教音乐、《匪徒克星》（*Gang Busters*）和《独行侠》（*The Lone Ranger*）。在加州，我的母亲则涂口红，搽腮红，在留声机上大声放着蓝调和爵士。她的屋子里满是大声笑谈喧哗的人。这不是我的世界。我在这喧嚣俗世里四处走动，手指紧扣着背在身后，头发向后梳，扎成了一个紧绷绷的辫子，嘴里哼着一曲圣歌。

母亲在旁冷眼观察了我两周。之后我们来了一次后来常做的“促膝长谈”。

她说：“玛雅，你不喜欢我是因为我不像你奶奶。没错，我是不像她。但我是你妈妈，我拼命干活，忙得脚不着地，就为了给你买漂亮的衣服，好吃的饭菜，确保你还有房子住。在学校里，老师朝你微笑，你会回一个微笑。陌生的同学朝你微笑，你也会回一个笑容。而我是你的妈妈，告诉你我想让你做什么吧：如果你可以为素不相识的陌生人强展笑颜，那么对我也笑一笑吧。我保证一定会心怀感激的。”

她把手放在我的脸颊上，笑着说：“来吧，宝贝，给妈妈笑一个，来嘛。”

她做了个鬼脸，于是我勉强地笑了笑。她在我嘴上亲了一下，突然开始哭了。

“这是我第一次看到你笑。笑得可漂亮了。妈妈的漂亮女儿原来是会笑的。”

此前从未有人说我漂亮，在我的记忆里也从未有人叫我女儿。

那一天，我明白了，给别人一个微笑，我就可以成为施予者。在以后的岁月里，我逐渐领悟，一句友善的话语，一次公开的支持都可以是一份慷慨的礼物。稍稍挪挪身子，就可以为别人让出一片天地。如果人们喜欢我的音乐，我可以调高音量；如果讨厌，我也可以调低。

我或许永远也成不了慈善家，但我确实爱所有人，我会慷慨地奉献我的资源。

我乐于说自己是一个慷慨的人。

启示录

那天肯定是启示录里的日子。启示者约翰预言的日子。大地战栗，在其漆黑的腹中火车轰鸣着上下颠簸。私家车、出租车、公交车、火车、卡车、送货车、水泥搅拌车、自行车以及滑板用喇叭声、嘟嘟声、轰鸣声、砰砰声、尖啸声和口哨声占据了整片天空，直到空气像劣质的肉汤一样厚重、粗粝。

人们来自各地，说着各式各样的语言，到镇上来看世界的开端与末日。

我想要忘却这重大的一天，所以我去了菲尔默尔大街的五角店。那家商店一英亩见方，在塑料夹子上挂着女孩子变美的梦。我在它的走廊里来来回回至少逛过一千次。我知道它诱人的魔法。从塞着硬纸板做的乳房的尼龙套头裙，到放着口红和指甲油的化妆品区，到处都是彩虹树上掉下来的粉色、红色、绿色、蓝色的水果。

那个城市就是那般，当我十六岁、崭新如黎明时。

那一天的意义之重足以令我窒息。

一个住在我家街北的男孩已经邀请我很多次，要我同他发生亲密关系。我一连几个月都拒绝了。他不是我的男朋友。我们都没在约会。

在那个时期，我注意到了我身体的背叛。我的声音变得深沉而沙哑，可镜中我赤裸的身体却没有显现出任何女性化或凹凸有致的征兆。

我那个时候已近六英尺，却还是平胸。我心想，或许发生性关系之后我那执拗的身体就会成长并现出它应有的模样。

早上那个男孩又给我打电话，这次我同意了。他给了我一个地址，告诉我八点会在那儿同我碰面。我说好。

那间公寓是他朋友借给他的。在门口见到他的那一瞬间我就意识到自己做了一个错误的决定。我们彼此间没有任何甜言蜜语，也没有一点热情的爱抚。

他将我带到卧室，我们一起在那里脱了衣服。笨拙的交合只持续了十五分钟。之后我穿上衣服，走到门口。

我不记得我们是否道别。

我却记得我沿着大街往南走的时候，心里疑惑：莫非仅此而已？还想着要洗澡，要洗一个长长的透彻的澡。我确实洗了个澡，但一切并非到此为止。

九个月之后，我生了一个漂亮的男孩。我儿子的出生使我获得了更多创造自己生活的勇气。

我学会了爱我的儿子，不去想着掌控他。我也教会了他自学。

四十年之后的今天，我看着他，瞧见的是好男人、深情的丈夫和父亲、优秀的诗人和出色的小说家、负责的市民和世界上最好的儿子。我只想感谢造物主将他赐给我。启示之日就是那一天：我人生中最好的一天。哈利路亚！

分娩

我的哥哥贝利让我对母亲保密我怀孕的事。他说否则母亲会让我退学。那时我已临近毕业。贝利说我必须拿到高中文凭，在我母亲离开她和丈夫在阿拉斯加诺姆市的夜总会回到旧金山之前。

我拿到文凭的那一天是二战对日作战胜利纪念日，正好也是我继父的生日。他在那天早上拍着我的肩膀说："你已经长大了，是一个年轻美丽的女人了。"我自忖：确实，我已经怀孕八个月零一周了。

吃完了庆祝继父生日、我的毕业以及国家胜利的有益健康的晚饭后，我在他的枕头上留下了一张纸条，上面写着：“爸爸，对不起，我让家里蒙羞了，但我得告诉你：我怀孕了。”那一晚上我都没有合眼。

大约凌晨三点的时候，我听到爸爸走进他的房间。他没有立刻敲响我的房门，我不禁怀疑他是否看到并读了那张纸条。

在早上八点半的时候，他在我房门外开口了。

他说：“宝贝，下楼来和我一起喝杯咖啡。顺便说一句，我看到你的纸条了。”

他离开时的脚步声远没有我那加速的心跳声来得响。在楼下吃饭的时候他说：“我准备给你妈妈打电话。多久了？”

我说：“还有三周。”

他笑了笑。“我肯定你妈妈今天就会到。”

紧张、惶恐都难以形容我当时的感觉。

黄昏前我那娇小美丽的母亲走进了屋子。她亲了我一下，随后看着我。“你看上去比怀孕三周要久一点。”

我说：“没错，女士，我已经怀孕八个月零一周了。”

她问：“是哪个男生？”我告诉了她。

她又问：“你爱他吗？”

我说：“不爱。”

“那他爱你吗？”

我说：“不。他是唯一一个和我发生过关系的男生，而且我们只在一起过一次。”

我的母亲说：“那就没有道理要毁掉三个人的生活。我们家要有一个很棒的宝宝了。”

我母亲有护士执照，所以当我开始分娩的时候，她给我剃了毛发，搽了粉，再将我带去医院。那时医生还没到。母亲向那些护士介绍自己，说她将作为护士助我生产。

她和我一起爬上产床，让我把腿屈起来。她用肩抵着我的膝盖，和我讲下流故事。当我疼痛不已的时候她就告诉我这个故事的笑点，然后在我笑的时候告诉我：“用力。”

快生了，娇小的母亲跳下产床，看到孩子露头了，她叫起来："来了，是个黑头发！"难道她以为是什么别的颜色？我暗忖。

孩子生下来的那刻，我母亲接住了他。她和其他护士一起给他洗澡，将他包在一条毛毯里，再把他抱给我。"接着他，亲爱的，是你的漂亮宝宝。"

我爸说她回家时看上去无比吃力，就像她自己刚生完五胞胎一样。

她为她的外孙骄傲，也为我。我从未后悔生下这个孩子——他有一个充满爱的家庭，而这个家庭拥有一位无所畏惧、溺爱而辉煌的外祖母。故而我也为自己骄傲。

意外，巧合，还是应验了的祈祷

他叫马克（Mark），生得高大壮硕。如果把好相貌比作马匹，恐怕他在加拿大皇家骑警队里也能有一席之地。马克受乔·路易斯[1]鼓舞，离开出生地得克萨斯，来到底特律找工作。他想在那儿赚足钱之后找一个教练，成为职业拳击手。

汽车工厂的一台机器切掉了他右手的三根手指，让他的梦想化为泡影。我们初遇时他和我讲了这个故

1 乔·路易斯（Joe Louis），美国著名职业拳击手，1937—1949 年间为世界重量级拳击比赛冠军，被誉为“褐色轰炸机”。

事，解释为什么他常被称为“二指马克”。他对自己梦想的无限延期并无怨念。他对我说话温柔无比，且时常为我请小保姆照顾儿子，以便我得空去他租的房子里看他。他是一个完美无瑕的求婚者，一个慢条斯理的爱人。我感到无比的心安。

他温柔地关照了我几个月后，一天晚上，他来接我下班，告诉我要带我去半月湾。

他在悬崖边停了车。我透过窗户瞧见银白透亮的月光映照在波涛荡漾的水面上。

我下了车，在他让我“过来”的时候，立刻走了上去。

他说：“你和另一个人勾搭上了，你一直在骗我。”我顿时就笑了。当他打我的时候我脸上还挂着笑。我还没有喘上气，他的双拳就一道打在了我的脸上。我眼前实打实地冒出了金星，随后便倒下了。

我苏醒的时候，他已经脱光了我大部分的衣服，将我靠在一块凸出的岩石上。他手上拿着一块巨大的木板，嘴里还哭喊着：

“我一直对你这么好，你这忘恩负义、朝三暮四的下流女人！”我想朝他走过去，我的腿却不听使唤，站都站不起。接着他用那块板打了我的后脑勺。我又昏了过去。每一次我恢复意识，都看见他一边哭喊一边殴打我，我便再次昏厥。

接下来的数小时发生了什么，我全是听别人说的。

马克把我放在他的车后座，将车开到旧金山的黑人区。他在贝蒂·卢鸡块店（Betty Lou's Chicken Shack）门口将车停下，叫一些客人来看。

“对一个满嘴谎话、偷情通奸的女人就得这样。”

人们认出了我的脸，就返回餐厅找到贝蒂·卢，告诉她马克的车后座上躺着薇薇安的女儿，看上去像是死了。

贝蒂·卢小姐和我妈妈是相当要好的朋友，自然就给我妈妈打了电话。

没有人知道马克家住何方、在哪工作——甚至没有人知道他姓甚名谁。

因为我妈妈名下的桌球房和赌场，以及贝蒂·卢在警局的关系，他们觉得很快就能找到马克。

我妈妈和旧金山保释代理人的头儿关系不错，所以给他去了电话。但博伊德·普西纳利（Boyd Pucinelli）在他的文档里没有找到任何有关马克或是“二指马克”的信息。

他向薇薇安保证会继续查。

当我醒来，发现自己躺在一张床上，浑身酸痛。无论呼吸还是尝试开口都令我疼痛不已。马克说那是因为我的肋骨断了，牙齿也已刺进了我的嘴唇。

他开始哭泣，说他爱我。他攥了一片双刃的刀片，抵在自己的咽喉上。

“我活着没啥意思了。我该杀了自己。”

我说不出话，无法劝阻。他又迅速把刀片抵到我的脖子上。

“我不能将你一个人留在这儿，让其他黑鬼拥有你。”我没办法发出任何声音，连呼吸都令我疼痛难耐。

他蓦地改变了主意。

“你已经三天没吃饭了。我得给你弄点果汁。你要喝菠萝汁还是橘子汁？点头就好。”

我不知道该作何反应。要怎么做他才会走开？

“我去附近的店里给你买点果汁。对不起，我不该打伤你。回来我会好好照顾你，直到你康复——完全康复。我保证。”

我看着他离去。

直至那时我才意识到我身处他的房间。我常去那里，知道他的房东也住在这层楼，便想着如果能够引起她的注意，她就会出手相助。我尽可能地深吸了一口气，试图大声呼喊，但是没能发出任何声音。我试着坐起来，但是那样做实在太过痛苦，我试了一次就只好放弃了。

我知道他把刀片放在了何处。如果我能够到刀片，至少我可以自己了结生命，他也就不会有机会杀了我，并为此洋洋得意。

我开始祈祷。

我祈祷，昏迷，继续祈祷；我清醒，昏迷，再次清醒。接着我就听见了走廊尽头传来的呼喝声。我听见了我妈妈的声音。

“把门砸了。把这他妈的破门砸了！我的宝贝在里面。”木门嘎吱作响，碎片四溅，门开了，我那瘦小的母亲走了进来。她瞧见我便昏了过去。后来她和我讲，她这一辈子也就只昏过这么一次。

我那比平常肿胀两倍的脸和黏连在唇上的牙齿远远超过了她的承受范围。为此她才倒下了。三个高大的男人跟着她走进房间。其中两个将她扶了起来，让她无力地靠在他们身上。接着他们将她带到我的床前。

“宝贝，宝贝，对不起，”她每一次触碰都令我畏缩，“叫救护车。我要杀了那个混蛋。对不起。”

她心怀愧疚，就像世间所有因坏事发生在自己子女身上而自责的母亲一般。

我无法张口说话，也无法触碰她，但是我知道，我从未比那时更爱她，在那间令人窒息的恶臭的房间里。

她拍了拍我的面颊，轻轻抚摸我的手臂。

“亲爱的，什么人的祷告应验了吧。没有人知道哪能找到马克，就连博伊德·普西纳利都毫无头绪。

但马克在一家夫妻老婆店买果汁的时候，正好两个小孩抢了一个香烟贩子的货车。”她接着讲道。

“当警车拐过来的时候，那几个男孩将一箱烟扔到了马克的车里。他正准备上车时，警察抓了他。他们认为十有八九就是他干的，所以他就进了局子。他可以打一个电话，于是他打给了博伊德·普西纳利。博伊德就接了。”

马克说：“我叫马克·琼斯，住在橡树街上。我现在身上没有钱，但是我的房东手里有我很多钱。如果你给她打电话，无论多少她都会给你拿下来。”

博伊德就问：“你的诨名叫什么？”马克说：“他们都叫我‘二指马克’。”博伊德挂了电话，马上打给了我妈妈，把马克的地址给了她。他问她要不要报警。她说：“不，我在桌球房里找几个厉害的家伙，自己找女儿去。”

她说她到了马克的公寓之后，房东谎称这里没有叫马克的人，还说即使有也好几天没有回家了。

母亲说，或许是没有什么马克，但是她在找她的女儿，而她就在马克的屋里。她还问马克的房间在哪儿。房东说他的门锁着。我妈妈说：“今天这扇门一定得开。”房东威胁她说要叫警察，我母亲这般回答：“随便你叫厨子还是面包师傅，你也该顺便叫个收尸的。”

最后那个女人指了指马克的房间，妈妈就对她的帮手说：“把门砸开，砸了这他妈的破门！”

在医院病房里，我想起那两个把一箱香烟扔到陌生人车里的小罪犯。当马克被拘捕的时候他给博伊德·普西纳利打了电话，而博伊德给我妈妈打了电话，我妈妈便叫上了她桌球房里三个胆大包天的家伙。

他们砸破了那扇囚禁我的房间的门。我的性命就此被救下。这件事究竟是事故，巧合，意外，还是一个应验了的祷告？

我相信是我的祈祷应验了。

说出真相

我的母亲薇薇安·巴克斯特（Vivian Baxter）常警告我，不要以为人们问“你好吗？”时是想知道真相。她说，这个问题在世界各地以数千种语言被问出，但多数人都明白，这不过是一个简单的开场白而已。没有人期望获得答案，更不想听到类似于“嗯，我的膝盖可能要碎了，我的背疼极了，我都想倒在地上哭了”这样的答案。这样的回答会让对话无法继续下去，使它在开始之前就结束。所以我们都会说：“我挺好的，谢谢关心。你好吗？”

我认为，在某种程度上，我们都学会了给予和接受社交谎言。我们看着某个朋友的体重以一种危险的程度减轻，或是长胖到了难看的地步，而嘴里却说着："你看上去不错。"我们都知道这句话不过是一种露骨的谎言，但是我们全都将真相拆碎，吞进肚子里，一则是为了维护面上的和谐，二则是鉴于我们不愿面对真相。我希望我们能不再说这些小谎。我并不是说人们该口无遮拦、粗暴直接地说话。我认为人不可以粗暴行事，但是诚实确实给人带来无以伦比的解脱感。一个人无须将所知全盘托出，但是应确保自己所说的都是真相。

让我们勇敢地对小姑娘们说："乱七八糟的头发也许很潮，但其实毫无魅力。它对你没有好处。"让我们也勇敢地对小伙子们说："将衬衣下摆从夹克衫里露出来并不会让你更酷，反而让你瞧上去邋遢不堪，缺乏教养。"某些好莱坞时尚守则最近突然认定穿着皱巴巴的衣服、留着半剃胡须的男人很性感，因为看上去好像刚刚起床。这些时尚达人既正确又错误：这幅凌乱之相确实让人看上去像刚从床上爬起来，但这副模样并不性感，倒是很寒碜。

鼻环、乳环和舌环都是年轻人跃跃欲试的东西。尽管我不喜欢这些，但这些物事并不会使我感到烦扰，因为我清楚大部分年轻人都会长大，加入各种社会组织，工作、生活。那些环终将被弃置，而年轻人会祈求那些洞眼自己愈合，否则他们便得向他们自己正值青春期的孩子解释，为什么起初那里会有这么个洞眼。

让我们对人们说出真相吧。当人们询问“你好吗？”的时候，有胆量诚实作答。但是你须得认识到其他人会开始躲避你，因为他们也有伤痛的膝盖和钝痛的头，自然不想知道你膝盖和头的情况。不过你可以这样想，如果人们开始避开你，你会有更多时间去思考或者从事一些高水准的研究，寻找治疗那些真正困扰你的物事的办法。

粗俗

有些艺人试图将粗俗变成一门艺术，但他们那公然的粗鲁之举，仅仅揭示了深切的自卑。他们把自己搞得邋遢兮兮，口吐粗鄙之言，这暴露了他们对自己的看法：他们不值得爱，而且事实上也不招人喜欢。当我们身为听众纵容他们下流的谈吐时，就与古罗马斗兽场里的观众无异，他们看到狂暴的雄狮杀死赤手空拳的基督徒就兴奋不已。这样的话，我们就不仅仅是参与了这些艺人有失体统的行为，还因同流合污而降低了我们自己的品位。

我们应该勇敢地指出：肥胖并不可笑，粗俗也不有趣。傲慢无礼的孩童和听之任之的家长，我们绝不该欣赏和模仿；轻浮和尖酸并非日常交流中的好品行。

如果那位皇帝站在我的客厅里一丝不挂，我一定会告诉他，既然他不着寸缕，就是没准备好去开会。不管怎么说，别懒洋洋地躺在我的沙发上，大嚼我的什锦果仁。

暴力

当我们博学的老师和教授误判了自己的研究成果，或是发表了错误的见解，礼貌的做法或许是悄悄转身，低声道一声再见，离开，并引一句莎士比亚《尤利乌斯·凯撒》中的句子："坦然面对不公。"

在某些话题上，我会保持沉默，寄望于时间能纠正这些错误。但在一件事上，我将亮出反对的态度。有太多社会学家和社会科学家声称，强奸根本不是一种性行为，更多的是一种需求，一种感受力量的需求。他们进一步解释道，强奸者通常是另一个追求支配力量的人的牺牲品，也是一个受害者，云云——令人作呕、喋喋不休。或许促使其犯下暴行的动机中有一小部分是支配的渴望，但我确信真正刺激强奸者的是（毁灭性的）性欲。

有预谋的强奸者发出的声音都和性有关。捕猎者发现并锁定受害者时发出的咕噜声、咯咯声、咕哝声和吐唾沫的声音，充满了性意味。在强奸者的脑海中，跟踪成了一种秘密的求爱行为，虽然被求爱者没有觉察到追求者，但追求者却被自己渴求的对象迷住了。他尾随，观察，成为他自己的性戏剧里激动的主人公。

冲动型强奸与性欲有着同样程度的关联，只是更少得到原谅。施暴者偶然发现了未设防的受害者，意外受到性刺激。他感受到的下流冲动与暴露狂相似，只不过他的欲望没有在这短暂的冲击中得到满足，于是欲火中烧，付诸更严重也更可怖的侵犯。

我所担忧的，是那些专家，他们希望塑造我们的思想，继而调整法律，将强奸变为一种可接受甚至是有辩解余地的社会现象。如果强奸仅仅是为了获得、追寻及行使支配力量，人们必定会简单地将其理解为人类自然性行为的极端化，甚至加以原谅。我认为，对受害者的直接亵渎，或在惊恐的受害者耳边不断宣示着永远爱你之类的话语，与其说是对力量的渴望，不如说是一种性放纵。

我们必须视强奸为一种血腥的，令人心悸、窒息、粉身碎骨的暴行。这种威胁让一些男女受害者不敢打开大门，不敢走进生于斯长于斯的街道，不敢相信任何人甚至自己。让我们把它看作一种不可救赎的性暴行吧。

我还记得，当一个强壮的男人说迷你裙会让他有强奸想法时，我的一个男性朋友的反应。

我的朋友问道，如果一个女人没穿内裤且穿着超短裙，准强奸犯能控制自己吗？他又加了一句："如果她的哥哥们都在旁边，个个手里拿着棒球棒呢？"

我担心，一旦这种权力论被接受，强奸行为的原始丑恶性就会被淡化，受到轻视，暴力的残忍之刃也会由此得以掩藏。

母亲的远见

独立是一种令人兴奋的饮料。在年轻时将之啜饮，它对于头脑的作用与新酿的红酒相似。滋味并非十分诱人，但无关紧要——它仍会使人上瘾，喝了一口，就会想再来一口。

那时我二十二岁，住在旧金山，有一个五岁的儿子，打两份工，租了两间房间，楼下可以烧饭。我的房东杰斐逊（Jefferson）太太人很好，和善得像祖母。她随时愿意做一个保姆，并坚持要为她的房客提供晚饭。她为人之友善，性格之温柔，教人无法狠下心来，去阻挠她在烹饪上进行的灾难般的开拓。她的细通心粉——一周至少被端上桌子三次——是一团混合了红、白、棕色的神秘物事。偶尔我们会在其中邂逅一片不易辨识的肉。

我没有上餐馆的钱，所以我和我儿子盖伊(Guy)是杰斐逊家庭餐厅的忠实主顾，哪怕心里并不乐意。

那时我的母亲已从邮街搬到富尔顿街上的一幢维多利亚风格的房子里。这幢房子有十四个房间，里头塞满了沉重的哥特式雕花家具。沙发和临时摆放的坐椅上装饰着酒红色马海毛面料。屋子里东方风情的毛毯随处可见。她雇了一个住家的帮工打扫屋子，有时他也在厨房搭一把手。

一周两次，母亲接盖伊到她家，给他吃桃子、奶油和热狗，但我只在我们约定的时间去她家。

她理解且鼓励我自立。我们有固定的碰面时间，而我满心期待着每一次见面。每个月我都会去她家一次，而她也会给我烧一道我最爱的菜。有一个午饭日在我心中意义非凡。我称其为“薇薇安的红米日”。

那天我来到富尔顿街上的那栋房子的时候，母亲已穿戴停当，妆容完美，还戴着上好的珠宝首饰。

拥抱后，我去洗了手，接着我们一道穿过她幽暗的正餐厅，走进敞亮的大厨房。

午餐大部分已经摆在桌子上了。薇薇安·巴克斯特对待美味佳肴一贯郑重其事。

在距今久远的那个红米日，母亲在桌上摆了一盘酥脆的烤阉鸡，没加任何调料或肉汁；一盘简单的生菜沙拉，没加番茄或黄瓜。她的盘子边放着一个宽口碗，上面盖着一个大浅盘。

她左手放在浅盘上，右手扶着碗，做了简短的祷告，热忱感谢主赐予我们食物。她把碗盘翻转过来，轻轻取下倒扣的碗，露出堆得高高的泛着光的红米饭（我此生最爱吃的东西），上头装点着剁得细碎的欧芹和绿色的葱花。

烤鸡和沙拉没有给我的味蕾以清晰记忆，但是每一粒红米饭的味道都永远留在我的舌尖上了。

饕餮与贪婪都是贬义词，专门用来描绘面对自己最喜欢的吃食诱惑时的大胃食客。

两大份米饭令我饕足，但是其美味不禁让我希望拥有一个更大的胃囊，好再吃上两份。

饭后母亲还有别的事情，于是收拾了行装，同我一道出门。

我们走到街区正中，菲尔默尔街与富尔顿街交接拐角的泡菜工厂发出的刺鼻醋酸味扑面而来。我正往前走。母亲叫住我："宝贝。"

我回身走到她跟前。

"宝贝，有件事我想了很久，现在可以断定了：你是我遇到过的最伟大的女人。"

与我六英尺的身形相较，母亲只有五英尺四英寸。

我低下头看着这个娇小漂亮的女人——她完美的妆容和钻石耳环——这是个拥有一家酒店并为大多数旧金山黑人所仰慕的女人。

她接着说，"你很友善又很聪明，要知道这两点可不常聚在一人身上。埃莉娜·罗斯福女士（Mrs Eleanor Roosevelt），玛丽·麦克劳德·贝休恩博士（Dr. Mary McLead），以及我的母亲是这种人——

对，你也属于这一类人。过来，亲我一下。”

她在我嘴上亲了一下，然后转身，横穿马路，朝着街对面她辆米色和棕色相间的庞蒂亚克[1]走去。我定了定神，沿着富尔顿街往前走。我穿过马路，在那里等二十二路有轨电车。

自立的要求不允许我接受来自母亲的钱财，甚至搭她的车也不行，但她的智慧我来者不拒。在这当口我想起了她的话。我想：“或许她是对的。她很有见识，也常说她不会因为惧怕某人而撒谎。或许我真的会成为一个人物。不妨想象一下。”

在那一刻——嘴里残留着红米饭滋味的那一刻——我觉得，是戒除诸如吸烟、酗酒或讲脏话等危险习惯的时候了。

想象一下，或许我真的能成为一个人物。某一天。

1　庞蒂亚克（Pontiac），美国通用汽车公司旗下的品牌汽车。

摩洛哥

尽管我生活在二十世纪，但对阿拉伯我仍持有十九世纪那种天马行空般的幻想。那里有哈里发、强壮的去势宦官和闺房，里头有美丽的女子躺在贵妃椅上，在镀金的镜中凝视自己。

在摩洛哥的第一个上午，我在街上漫步，希望能感受到与我的幻想相匹配的浪漫。

街上一些女性身着西方服饰，其余的则将自己掩在厚重的漆黑面纱之后，以示贞洁。在红色毡帽下，所有男性都看上去轻快俊朗。我走到一家废品回收站，并决定穿到马路对面以免被迫看到真实世界。这时，有人喊了一声，我回头看去。废品站里有三个帐篷，那有几个黑人在向我招手。我这才意识到，我早前遇到的和我期待中想遇见的摩洛哥人，实际更像西班牙人或墨西哥人，而不是非洲人。

那几个男人在叫我，朝我招手。我注意到他们都年纪挺大。我的教养命我走向他们。而在一瞬间我忽地意识到，自己正穿着一条短裙和一双高跟鞋。对于一个二十五岁的美国女人而言，这种打扮并无不妥，但作为上了年纪的非洲男子身边的女性，这是全然不可接受的。

我从成堆的罐头、破瓶子和废旧家具中挤过去。当我走到他们面前时，他们蓦地席地而坐。他们身下并没有板凳，因而算不上是真的坐下，而只是简单地蹲坐着。我是南方妇女养大的，从小受到教导说，在年长的人面前站着乃至坐在高处都是粗鲁的行为。

既然他们蹲着，我便也蹲了下来。当时我是年轻的舞者，身体还听我指挥。

他们微笑着同我讲话，用一种我听不懂的语言。

我用英语、法语和西班牙语回复，他们也都听不懂。我们互相微笑，接着其中一个男人冲着边上站着的一群女人大声说了什么，随后兴趣盎然地看着我。

我冲那些女人们笑，她们也冲我笑。但即便对于受过训练的年轻肌肉，长时间的蹲坐也会让我逐渐感到不舒服。

正当我准备站起来的时候，来了一个女人，手中端着一杯小小的咖啡。她将咖啡递给我。我接过咖啡的瞬间注意到了两件事：地上爬着的虫子，以及，男人们打起了响指，以表示对我的举动的赞同。我鞠了个躬，喝了一口咖啡，随后几近昏厥。我的舌头上有一只蟑螂。我看着这些人的面孔，实在无法将其吐出。倘若我真这么做了，我的祖母恐怕会从坟里钻出来，凭意念之力到这里给我看她那张失望至极的脸。这是我无法承受的。我放开喉咙，将那杯咖啡饮尽。我数到了四只蟑螂。

我起身向每个人鞠躬，然后走出了废品站。我强抑着恶心感，直到离开废品站的视野，才扶着左近的墙，而胃里阵阵翻江倒海。我从未跟人讲过这个故事。我只是生了一个月的病。

在马赛演出的时候，我住进一个便宜的家庭式旅馆。某日早上我随手拿起一本旧的《读者文摘》，翻到一篇文章《非洲部落旅行：从萨赫勒到南非》。

从中我得知，原来许多部落还沿着旧日路线迁徙，从马里、乍得、尼日尔、尼日利亚和其他黑非洲国家出发，横穿撒哈拉，前往麦加、阿尔及利亚、摩洛哥和苏丹，途中只带极少的钱财，靠以物易物过活。他们以货物交换货物，却将随身携带的稀少钱财花在买提子干上。为了向客人表示敬意，尽地主之谊，他们往往会在一小杯咖啡里放上三到五颗提子干。

于是，有好几分钟，我想蹲在那群摩洛哥老人的面前，请求他们原谅。

当时当地，他们用昂贵的提子干来向我表达敬意。

感谢上帝，我的祖母会赞赏我当时的举动。

我将它作为终身的教训。只要这是人们吃的食物，只要还在我的教养所能承受的范围之内，只要有理由表明这种食物看起来是干净的，我就一定会坐到桌边，摆出我能表现出来的所有热情，参加这一席宴筵。

附记：我称这件事为终身教训，是因为我还没能完全地践行。我常常经受考验。尽管我并不见得比旁人更容易或更不易呕吐，有时我还是会挂了这门课。但更多时候我还是能够过关的——只要想起我的祖母，以及那四颗让我大病了一个月的无辜提子干。

波吉与贝丝

由格什温兄弟（the George and Ira Gershwin）撰写的歌剧《波吉与贝丝》[1]，在欧洲巡演时依然深受观众喜爱。多姿多彩的演员阵容生气勃勃，也欢迎我的加入，而我却急着中止巡演，想回旧金山的家。

为了随团演出，我不得不把八岁的儿子盖伊留给

1 《波吉与贝丝》（*Porgy and Bess*），又译《乞丐与荡妇》，歌剧，1935年8月30日于波斯顿首次公演。此剧用美国人固有的音乐语言、独特的音乐性表现，创始了世界歌剧乐坛的“轻歌剧”。——编者注

旧金山的母亲和一个阿姨，不免满心愧疚。

演艺公司试图用数目可观的一笔加薪来留住我，让我把儿子接过来——团里已经有两个随父母前来的孩子。但我不想让我的儿子看见他们的举止，怕他学样。我是主演，唱“露比”一角。每月的收入还算体面，我一拿到手就寄回家里，但心中的愧疚总让我觉得这点钱不够，每每还得靠寄宿在家庭式旅馆、招待所甚至是别人家里来省点钱。谢幕后，我还到夜店里唱蓝调打工；白天，只要能找到学生，我就去教舞蹈，随后也把钱寄给我母亲。

即便如此，我还是开始倒胃口，掉体重，对什么都没了兴趣。我满心只想回家见儿子。我得知，我必须支付在欧洲替代我角色的演员的费用，回家路费也得自掏腰包。靠着在两家夜店打工，同时教职业舞者和蹒跚学步的孩子跳舞，我解决了这个新难题。

筹够了钱，我终于在意大利那不勒斯登上了去往纽约的船。我拒绝坐飞机回家，因为我总是忍不住想，如果飞机失事，我的儿子就只能这样哭诉：“我八岁的时候妈妈死了。她是个卖艺的。”我得回到旧金山，让他知道我不只是个艺人而已。

九天后我抵达纽约，随后搭了三天三夜的火车回到了旧金山。重逢的场景极为动情，我承认自己几乎失控。我知道自己深爱儿子，但同时庆幸自己没有溺爱他，没有用我的爱紧紧笼住他，让他透不过气来。我爱他，也让他尽可能自由、阳刚、快乐地成长。

在母亲山顶别墅的顶楼住了一周后，我又开始焦虑。我意识到，想在一个种族歧视的社会里，将一个黑人男孩培养成快乐、负责且自由的人有多难。当我躺在楼上起居室的沙发上时，盖伊走进来打招呼："你好啊，妈妈。"我看着他，心里想着抱起他，打开窗户跳下去。我猛地抬高声音："出去。现在就出去。到屋子外边去，马上去。去前院，我叫你也别回来。"

我打电话叫了一辆出租车，走下楼梯，看着盖伊，我说："你进屋去吧。求你待到我回来。"我叫司机载我到兰勒·波特心理诊所。我进门后，接待员问我有没有预约。我说："没有。"她面露遗憾解释道："没有预约，我们不会给你看病。"我说："我必须看医生。我都快要伤害自己了，可能还会伤害旁人。”

接待员迅速打电话说了几句。她对我说：“去找萨尔西医生（Dr. Salsey）吧，请走到走廊尽头，右手边C室。”我打开C室的门，大失所望。桌子后面坐着的是一个年轻的白人男性。他穿布鲁克斯兄弟牌[1]衬衫，领尖有扣子，面容自信沉静。他招呼我坐在桌子前的椅子上。我坐下，看着他，就哭了起来。这个享有特权的年轻白人，怎么可能理解一个因将孩子交由他人抚养而满心愧疚的黑人女人？只要抬眼瞧他，我就泪如雨下。他一问我，“怎么了，我能为你做些什么？”我就感到无助，更加生气。终于我冷静下来，起身向他道谢，随后离开。我感谢了接待员，并请她给卢克索出租车公司去电话订了部车。

我去了我的声乐教师家里。他是我的人生导师，是我唯一可以敞开心扉交流的人。我上楼走向弗雷德里克·维克逊（Frederic Wilkerson）工作室，一个学

1 Brooks Brothers，美国老牌男装，走高端路线，定价很高。

生正在进行声乐训练。威奇——我们这么称呼他——让我先去卧室。“我给你弄点喝的。”他把学生留在工作室，给我拿了一杯苏格兰威士忌。当时我不太会喝酒，但我还是喝了。酒精让我昏昏欲睡。醒来的时候，工作室里已经没有学生的声音了。

威奇问我：“你怎么了？”

我说我快疯了。他说不会吧，然后问：“到底怎么了？”我有些心烦，觉得他没有听我说话：“我今天想杀了自己和盖伊，告诉你，我快疯了。”

威奇说：“坐在这张桌子边上，桌上有一本黄色记事簿和一支圆珠笔。写下你所有的幸运之事。”

我说：“威奇，我不想跟你讲这些，我告诉你我要疯了。”

他说：“先按我说的做，想一想世上成千上万听不到合唱、交响乐或是自己孩子啼哭声的人。写：感谢上苍，我能听见。然后写你能看见这本笔记簿，再想想世间成千上万看不见瀑布、绽放的花朵或是自己爱人面容的人。写：感谢上苍，我能看见。写你能读。想想那成千上万每天读不懂新闻、家信和繁忙马路上的停车标志的人……”

我按照威奇的要求写，当我写到第一页最后一行时，让我疯狂的源头已经消散了。

这件事情发生在五十年前。此后，凭着无数支圆珠笔和黄色记事簿，我写了二十五本书、五十篇左右的文章、诗歌、剧本和演讲稿。

无论之前获得过怎样的荣誉，每当我想下笔之时，不安都会先行攫住我。我会想，呃，呃，这下他们都会觉得我爱吹牛，实际上什么都写不出也写不好了。我每每觉得自己什么事都干不了时，就会拿出一本新的黄色记事簿，凑近那空白的纸面，心里想着自己是多么幸运。

我生命的船兴许航行在平静祥和的海面上，兴许没有。我度过的充满挑战的时日兴许愉快而前途无量，兴许不是。无论是狂风暴雨还是艳阳高照的白日，光彩照人还是孤衾独枕的夜晚，我总是怀揣着一份感恩之情。哪怕我执念悲观，明天也总会来临。

而今日我是幸福的。

鲍勃和迪卡

鲍勃·特雷哈夫特（Bob Treuhaft）和迪卡·米特福德（Decca Mitford）算得上我见过的最有趣的夫妇之一。鲍勃是一名激进律师，坚定如钢铁，骨骼却如此脆弱——有一次，在他成功为黑豹党[1]辩护后，休伊·牛顿（Huey Newton）[2]感激的拥抱勒断了他三根肋骨。

迪卡是个作家，她的书《荣誉与反叛者》讲述了

1 美国黑人团体，后成为一个马克思主义团体。

2 黑豹党创始人。

她作为英国贵族长大，后来变成共产主义者的故事。

她的后一本书《美国式死亡》挑战并改变了美国殡葬业。

我受邀在斯坦福大学发言。为了能拜访迪卡和鲍勃，我给行程增加了一个周末。

聚在一起的第一晚，鲍勃说一家当地餐馆每月提供一套法餐菜单，每晚只有两个位子。他说那儿食物精美，很受欢迎，要提前两三个月预订。

迪卡让鲍勃打电话，告诉餐馆主人布鲁斯·马歇尔（Bruce Marshall），他们有一个很亲近的作家朋友从纽约来访。鲍勃回来的时候面带笑意，我们订到了位子。

我们在餐桌边坐下，那张桌子就比餐盘稍宽一些，这时主人来到我们身边。

他对我说："我的妻子知道你在镇上激动得不得了，你们是很好的朋友。"

我谢过他，先问他是怎么知道我在镇上的？他说鲍勃·特雷哈夫特告诉他的。鲍勃甚至告诉他我长的啥模样。

随后我问起他的妻子。布鲁斯说他的妻子是玛丽莲·马歇尔（Marilyn Marshall）。我脑子里闪过一串名字。我不认识任何叫玛丽莲·马歇尔的人。

他看我有些迷茫，自个儿笑了起来："啊，当然了，你在洛杉矶认识她的时候她还姓格林。"我确实认识一个姓格林的人家，可那里面没有叫玛丽莲的。他又笑了，从口袋里拿出钱包："喏，这是玛丽莲的照片。"名字和地点或许会改变，但除非某人做了彻底的整容手术，五官总是不变的。我匆匆扫了照片一眼。我从没见过这个女人的脸。

我微笑着说："这肯定是玛丽莲·马歇尔，看着真棒。"

布鲁斯像一个自豪的新郎一样朝我们露齿一笑。

在我们起身离开时，布鲁斯在前门拦住了我们。"玛丽莲打来了电话，她想和你讲两句。"

我将听筒紧紧地压在耳朵上，希望能通过声音认出她。

我说了声"你好"，随后真的感到十分失望。我认不出那个声音。

她问："你在加州干什么？为什么不告诉我你要来？要不是住得那么远，我立马就赶到餐馆来。"

我赶忙说："不用了，我们已经吃完了。明天怎么样？一点左右，到迪卡·米特福德和鲍勃·特雷哈夫特家里，一块儿吃午饭。我会做乳蛋饼。"

她说："我会去的。"

我跟迪卡说希望她作陪，她回答："我一分钟都不待。"

我问："那我跟她扯些什么呢？"

迪卡说："你有乳蛋饼啊，就聊那个好了。"

我把一块洛林乳蛋饼放进烤箱，试着想象接下来两个小时的情形。

一点整的时候门铃响了，我打开门，门前是位我此前从未见过的女士。她个子很小，很漂亮，惊讶写在了脸上："嘿，你好吗？"

我说："好极了。你怎么样？进来呀。"

她进了门。

我告诉她乳蛋饼烤好了，她说好呀好呀。我们坐在一块儿，心里都清楚彼此完全不知道对方是谁，也不知道如何从这尴尬处境中脱身。

饭后，我们聊了很久做洛林乳蛋饼的方法，然后端着红酒走进客厅。

玛丽莲说："猜猜我在塔霍湖[1]见到了谁？"

我说我猜不出。

她说："查尔斯·切斯纳（Charles Chestnut）。他装出一副没认出我的样子。"

她想着要么我知道这个名字，要么完全不知道。我没有她的这种勇气。我什么也没说。

玛丽莲继续说道："我同他说着话，他却疑惑地望着我。我心里想，这个混蛋。他竞选时我们出了那么多力。"我依旧没有接话。

玛丽莲说："我走到他面前说，你现在假装不认识我，等着瞧，我会见到路易丝·梅利韦瑟（Louise Meriwether）的。"

啊哈。这下子我明白了。

"玛丽莲，尽管我不想这么说，但我不是路易

---

1 Tahoe，位于内华达州与加州的边界。

丝·梅利韦瑟。”

她喊道：“我也觉得你不是！昨天电话里我就没听出你的声音。”

她站在房间正中。“你开门的时候我就想，除非她已彻底改头换面，否则这绝不是路易丝。”

我说：“为什么之前你以为我是路易丝？”

玛丽莲说：“布鲁斯跟我讲，鲍勃·特雷哈夫特告诉他，路易丝从纽约过来，他知道我有多在乎你，我是说路易丝。”

她接着问道：“求求你告诉我，你到底是谁？”

我说：“玛雅·安吉洛。”

玛丽莲说：“噢，老天，好的，我马上就走，我很抱歉。”

我说：“不，拜托，这只是一种新的交友方式。让我们搞清楚到底发生了什么。”

她说：“鲍勃打电话给布鲁斯，希望能预订一个位子。他说有位朋友住在他们那里，是纽约来的黑人作家。”

布鲁斯问：“她个子高吗？”

鲍勃说："她六英尺高。"

路易丝·梅利韦瑟六尺高，黑人，也是位作家。

布鲁斯接口说："那可是我妻子的挚友。"

显然纽约只有一个六英尺高的黑人女作家。

玛丽莲和我开怀大笑，笑那些自以为什么都知道的男人，也笑我们自己，几乎在两个陌生人之间实现了一次不算拜访的拜访。

玛丽莲是心理学家和作家。我发觉她和我是一类人——聪明，好玩，意志坚定，并以这样一种匪夷所思的方式成了我的朋友。

我亲爱的兄弟贝利曾与海洛因斗争，以期能掌控自己的生活。这是场无比艰巨的恶战，但他告诉我他真切地想要摆脱毒品。我想出钱让他去看当地最顶尖的两位男性黑人心理治疗师，但他拒绝了。

我跟他谈起玛丽莲·马歇尔，他找到她的一本书读了起来。那是贝利的典型做派——无论是否吸毒——他总会做好功课。他表示愿意见她一面。

我把我哥哥的事告诉了玛丽莲，她答应见他，不是作为病人，而是作为朋友的哥哥。我和布鲁斯·马歇尔讲了一声，安排贝利在他的餐馆吃午饭和晚饭。他可以带一个客人来，也可以签单。只有布鲁斯、玛丽莲和我知道实际上他并不用付钱。贝利就在布鲁斯的餐厅里吃饭，并时不时同玛丽莲·格林·马歇尔聊聊。

就这样，一年以后我哥哥就夺回了生活的掌控权。我对这两位通过喜剧式的意外认识的陌生人表达了无比的感激之情。这件事让我领悟到，一张陌生面孔后面可能藏着一位朋友。

塞丽亚·克鲁兹

有些艺术家属于世间众人，无论何时、何地。

这份歌手、音乐家和诗人的名单，里头必定有《旧约》中弹竖琴的大卫，讲寓言故事的伊索、天幕制造者莪默·伽亚谟[1]、埃文河的吟游诗人莎士比亚，新奥尔良的天才路易斯·阿姆斯特朗[2]，埃及之

---

1 莪默·伽亚谟（Omar Khayyam），波斯诗人，数学家，天文学家，医学家和哲学家，《鲁拜集》的作者。

2 路易斯·阿姆斯特朗（Louis Armstrong），美国著名音乐人，最伟大的爵士歌者。

魂乌姆·库勒苏姆[1]，弗兰克·辛纳屈[2]、玛哈莉亚·杰克逊[3]、迪兹·吉莱斯皮[4]、雷·查尔斯[5]……

这份名单可以不断延续，一口气都读不过来，但是伟大的古巴歌手塞丽亚·克鲁兹[6]的名字定会出现在这些属于全体人民的艺术家中。她用西班牙语歌唱，她的歌曲甚为深沉，饱含对人类灵魂的同情。

我是在1950年代初第一次听到塞丽亚·克鲁兹的录音，尽管我西班牙语说得不错，也深爱她的歌，却仍发觉不知如何翻译她的歌词。我搜寻了与塞丽亚·克鲁兹相关的一切，随后意识到，倘若我要成为她的忠粉，必须更用功地学习西班牙语。于是我开始苦学西班牙语。

---

1 乌姆·库勒苏姆（Om Kalsoum），20世纪埃及著名歌唱家。

2 弗兰克·辛纳屈（Frank Sinatra），20世纪美国著名歌手、影视演员、主持人。

3 玛哈莉亚·杰克逊（Mahalia Jackson），20世纪美国著名歌手，民权活动家。

4 迪兹·吉莱斯皮（Dizzy Gillespie），20世纪美国著名音乐人，小号演奏家，拉丁爵士的创始人。

5 雷·查尔斯（Ray Charles），20世纪美国最伟大的音乐人之一，灵歌音乐家，钢琴演奏家。

6 塞丽亚·克鲁兹（Celia Cruz），20世纪古巴裔著名拉丁歌手。

我求助于我哥哥贝利，他住在纽约，让他帮我去找克鲁兹的所有录音，以及所有提及她的杂志。我的西班牙语进步了。多年后，我同提托·普恩特[1]、威利·波波[2]和蒙哥·桑塔马利亚[3]同台演出时，在台上毫不逊色，在后台也能同他们顺畅交流。

那时我已开始我的歌手生涯，但我的唱功还亟待改进。我在台上能有一席之地全因我的激越节奏，其中部分是与生俱来的，还有就是在塞丽亚·克鲁兹的录音里发现并照搬的。

克鲁兹来过美国，曾在纽约上百老汇一家剧院演出。那段时间我天天去看她演出。她在舞台上爆发，她的表演动人心弦，具有强大的感官冲击力。我从她那学到，表演的时候要倾尽平生之所学。四十余年后的今天，我朗诵诗歌无须配乐，照样可以打动听众。我的许多表演是从塞丽亚·克鲁兹那里学来的。

---

1 提托·普恩特（Tito Puente），音乐家，拉丁爵士代表人物之一，曾被追授格莱美终身成就奖。

2 威利·波波（Willie BoBo），著名拉丁打击乐演奏家。

3 蒙哥·桑塔马利亚（Mongo Santamaria），古巴著名打击乐演奏家。

所有伟大的艺术家都从同一个源泉汲取力量，那就是人类的心灵。这告诉我们，人与人之间的相似远多于不同。

范妮·卢·哈默尔

我们所做的一切无非是不再做二等公民。如果自由民主党现在还没有获得席位，那我要质疑美利坚。莫非美国不是自由之地、勇者之家，而是一处只因我们想活得体面，性命就会被日夜威胁，连睡觉都不敢挂上电话的地方吗？谢谢！

——范妮·卢·哈默尔[1]

1 范妮·卢·哈默尔（Fannie Lou Hamer），黑人民权斗士，在20世纪50年代到70年代期间，一直在为争取美国黑人的平等权益不懈努力。

意识到这番话出自一位黑人女性之口意义非凡。更要紧的是意识到这些话语源于一个美国人的心中。

我相信所有美国人心中最深最隐秘处都掩藏着同一种炽烈的渴望——渴望归属于一个伟大的国家。我相信每个公民都想站在世界舞台上，作为一个高尚国度的代表；在那个国度里少有恃强凌弱，民主之梦也并非强者所独有。

我们必须倾听范妮·卢·哈默尔四十年前提出的问题。哈默尔的问题，每一个美国人都应问问自己：我怎么看待我的祖国？那里有什么，能让我在听见美利坚合众国这个字眼时，挺起肩膀，热血沸腾；我对祖国的赞美足够了吗，我对我的同胞的赞美足够了吗？又是什么让我在听见美利坚合众国这个字眼时感到羞耻，日光飘移，我又为此做了什么呢？我有没有把我的沮丧之情传达给领袖和同胞，还是事不关己高高挂起呢？这些问题，都是我们美国人必须直面的。

从古到今，我们不停地问，不停地回答，并让我们的孩子诵记，使之成为口口相传的美国历史里不可分割的一部分。

帕特里克·亨利[1]曾论道，“别人怎么干我不知道；对于我，不自由，毋宁死！”

十九世纪诗人乔治·摩西·霍顿[2]，生而为奴，他曾说过：“唉，我莫非生来就得戴着这残忍的镣铐？我必须砸碎腕上的镣铐，活得像个人。”

> 人只是过去和现在的造物，这个想法令我不安。我还渴求未来，一个承载着希望的未来。对自由的渴望，唤醒了我的决心，令我去做、去想、去说。
>
> ——弗雷德里克·道格拉斯[3]

哈利雅特·塔布曼[4]凭着对民主的热爱，不仅寻

---

1 帕特里克·亨利（Patrick Henry，1736—1799 年），美国革命家、演说家，弗吉尼亚首任州长。

2 乔治·摩西·霍顿（George Moses Horton），第一位在美国出版诗集的非裔美国诗人。

3 弗雷德里克·道格拉斯（Frederick Douglass），19 世纪美国废奴运动领袖。

4 哈利雅特·塔布曼（Harriet Tubman，1820—1913），美国著名废奴主义者。生而为奴，后逃至北方。

得了自己的自由，还无数次地潜入南方蓄奴州，解救了许多奴隶，并将一个理念传布到许多人的心里：自由是可能的。

范妮·卢·哈默尔和密西西比自由民主党站在历史的肩膀上，将恶从它的安全栖木——美国人的脊背上——拽下。我们应当向范妮·卢·哈默尔和密西西比自由民主党弥留的党员致敬。为了他们给我们的礼物，我们理应致谢。

人类的内心如此纤弱敏感，总需要些许切实的鼓励，让它在劳作中不致动摇。人类的内心如此强健，如此坚韧，一旦受到鼓励，便会响亮并坚定不移地跳动出它自己的韵律。音乐是鼓舞人心的事物之一。在漫长岁月中，我们创作了许多陪伴人们成长和生活的歌曲。我们美国人创作了许多歌曲，给世界各地的人们带去了心灵的勇气，并激发了他们的灵感。

范妮·卢·哈默尔明白自己是一个女人，也只是一个女人。然而，她知道自己是一个美国人，作为美国人她有一盏灯，可以驱散种族主义的黑暗。那是盏小小的灯，但她将灯光直射愚昧的幽暗。

范妮·卢·哈默尔最喜爱的是一首人所共知的简单歌曲。我们美国人从小便会吟唱……

我的这盏小灯，
我将任它闪耀，
任它闪耀，
任它闪耀，
任它闪耀。

塞内加尔

萨米娅（Samia）是塞内加尔的著名演员，常穿迷人飘逸的衣裳。在一次去巴黎的途中我认识了她。她和她的法国丈夫皮埃尔（Pierre）都是一个艺术知识分子团体的成员。这个团体的人喝便宜的桶装红酒，讨论世间从尼采到詹姆斯·鲍德温[1]的各种人和事。

我愉快地融入了这一巴黎人的聚会。我们为自己

1 詹姆斯·鲍德温（James Baldwin），美国黑人作家、散文家、戏剧家和社会评论家。

的年轻、才华和智识而洋洋自得，好似是我们自己给自己创造了这些天赋。

萨米娅说她和她丈夫一年中大部分时候住在塞内加尔的首都达喀尔，并表示欢迎我随时造访。许多年后我真的去了塞内加尔，而他们给我的电话号码竟仍打得通。于是他们邀请我共进晚餐。

我来到一个装饰华美的客厅，在人们的笑声、冰块和玻璃杯碰撞的叮当声中穿行。客人来自多个种族。欧洲人同非洲裔数量相当，大家一起享受着这一快乐尽兴的派对。萨米娅将我介绍给门边的一小群人，他们一直同我攀谈，直到服务生给我递来了喝的。

我在人群中穿梭。萨米娅说谢列尔语，我不会说谢列尔语，而带着塞内加尔口音的法语令我一头雾水。我经过一扇敞开的门，里面的人们依墙而立，小心翼翼，生怕踩上房间正中的华美东方地毯。

我认识的一个埃及女人，不许她的佣人踩踏地毯，说只有她的亲朋好友和她自己才有权磨损她昂贵的地毯。于是萨米娅在我心中的地位直线下降。显然她事先告知了客人，倘若他们踩在她的地毯上，她一定不会有好脸色的。我心里好奇，她会怎样告知她的客人呢？我决心弄明白。

我走进屋子，佯装着细细欣赏墙上的几幅油画，我从地毯中间横穿过去，再转身走回来看另一幅画。我至少在地毯上踩了四到五次。聚在两旁的客人都冲我露出了淡淡的微笑。他们兴许受到鼓舞，肯承认地毯就应被踩在脚下。

一位穿着白色织锦长袍的塞内加尔女士冲我一笑，将我拉入谈话中。她是作家，我们便聊起书来。我兴致勃勃，差一点就错过了下一幕。两名女佣走进来，卷起我踏过的毯子拿走。很快她们带回来另一张同样漂亮的毯子。她们将它铺开，轻拍，弄平整。

随后她们往地毯上放了玻璃杯和巨大的取菜勺，叠好的餐巾与银具，红酒和大水罐。最后，一碗热腾腾的米饭和鸡肉被摆到毯子上。

萨米娅和皮埃尔出现了，拍了拍手招呼大家。萨米娅宣布将端上塞内加尔最受欢迎的菜。“没错，为了我们来自美国的姐妹，”她朝我挥了挥手，“为了玛雅·安吉洛。”又补了一句：“那让我们入座吧？”

所有的客人俯身坐到地上。我的面颊和脖子都红得发烫。幸运的是，因为我巧克力色的肤色，人们看不出我因羞愧而脸发烧。玛雅·安吉洛，你可真聪明，行为可真得体啊，居然在桌布上走来走去。

我坐下来，却发现难以下咽，因为羞愧让我堵得吃不下任何美味。

在不熟悉的文化里，最聪明的做法是不要标新立异，给别人任何建议或教训。

大道至简。

永恒的银幕

多年之前，美国电影学院向好莱坞最多产、最有威望的导演之一威廉·惠勒[1]致敬。我作为院方董事会成员之一应邀参与仪式。我要说一段简单的介绍语。收到邀请我自然受宠若惊，欣然接受了。

这个盛典在世纪广场大饭店举行，当时最红最火

1 威廉·惠勒（William Wyler），美国著名导演，12次获得奥斯卡最佳导演奖提名，3次获奖，3部影片获选奥斯卡最佳影片。

的男女明星都出席了。弗雷德·阿斯泰尔[1]来了，奥黛丽·赫本[2]、格里高利·派克[3]、沃尔特·皮金[4]、葛丽亚·嘉逊[5]、亨利·方达[6]和查尔顿·赫斯顿[7]也入座观众席。我坐在桌边微微发抖，环顾四周。其中一些面孔在我眼里意味着浪漫、尊严和正义。在银幕上这些人是高雅、品行和美、骑士精神和勇气的化身。但随后在我脑海中浮现的却是阿肯色州那个小镇

---

1 弗雷德·阿斯泰尔（Fred Astaire），美国著名电影演员、舞蹈家、舞台剧演员、编舞、歌手。1999 年被美国电影学会选为"百年来最伟大的男演员"第五位。

2 奥黛丽·赫本（Audrey Hepburn），出生于比利时布鲁塞尔，著名电影演员，1999 年被美国电影学会评为"百年来最伟大的女演员"第三位。

3 格里高利·派克（Gregory Peck），美国男演员，1999 年被美国电影学会选为"百年来最伟大的男演员"第十二位，2000 年被爱尔兰国立大学授予文学博士学位。

4 沃尔特·皮金（Walter Pidgeon），出生于加拿大，两次获奥斯卡最佳男主角提名，在好莱坞星光大道拥有一颗自己的星形徽章。

5 葛丽亚·嘉逊（Greer Garson），英国影视女演员、制作人，曾七次获得奥斯卡最佳女主角提名，并获第十五届奥斯卡金像奖最佳女主角奖。

6 亨利·方达（Henry Fonda），美国演员、影视制片人，1999 年被美国电影学会评为"百年来最伟大的男演员"第六位。

7 查尔顿·赫斯顿（Charlton Heston），美国电影演员，出演的第一部电影《戏王之王》即获奥斯卡最佳影片奖。

上实行种族隔离的电影院的模样。

每一次我和我哥哥去看电影，都得鼓起勇气，面对成年白人怀有敌意的凝视。在售票处付钱后，售票员便粗鲁地竖起拇指指向那快要散架的室外阶梯，它通往仅限黑人顾客的楼座（又叫秃鹰栖息地）。

我们坐在那狭小的空间里，膝盖抵着下巴，脚踩在满地的糖纸和其他垃圾上嘎吱作响。我们栖息在那里，学习长大以后，变得美丽、富有、雪白之时，应如何举止。

许多年过去了，现在我坐在大饭店闪闪发光的舞厅里，看着身边的影星一个接一个地起身，向惠勒先生致意。陈旧的记忆将我带回到那些南方的屈辱日子。当我的名字被叫到的时候，我精心记下的所有介绍语都从脑海中不翼而飞。我站在麦克风边看着那些著名的面孔，满腔怒火，因为他们——哪怕毫不知情——都成了我旧时难堪耻辱的中介。怒火使我的舌头僵硬，大脑迟缓。费尽全力我才抑制住自己，没有大叫：“我恨你们。我恨你们所有人。我恨你们的权力和名声，健康和金钱，以及你们的拥趸如云。”我害怕一张嘴，真话就会脱口而出：“我爱你们，因为我爱你们所拥有的一切，你们所成就的一切。”面对那些著名的观众，我张口结舌。几番尝试开口后，我嘟哝了几个词，就走了出去。

有谣言——绝对是不实的——声称，是毒品使我脑子一片空白。我后来反思了这次痛苦的意外，回忆阿肯色带给了我什么。我渐渐明白我永远不可能忘却我从何而来。我的灵魂应该会常常回望，讶异于我攀过的山、趟过的河，还有前路上等候着我的挑战。理解这些使我更坚强。

正当防卫

近日我同四位电视制片人有约。他们想改编我的一个短篇故事，需要我的授权。

一如往常，团组的领导立马就亮明了身份。老大是谁毫无疑问。那女人身形娇小，笑容闪逝，嗓音尖厉。我说一句，她就以挖苦来回应。虽不至于尖刻到我必须出言申斥的地步，但语中之刺已足以让我明了她意图将我摆放的位置，显然，居于其下。

我说："很高兴能在这家餐馆碰面，这是我的最爱之一。"

她说："我很多年没来这里了，不过我记得上回来时便觉着这里太没劲了，就像在一个老太太的屋子里。"

她环视一番，做作地笑了笑说道："现在好像也没比上次好到哪去。"

在她再三嘲讽我之后，我问道："你为什么要这样做？"

她用一种甜甜的似乎无辜的口气答道："您说什么，我做了什么？"

我说："你在转弯抹角地攻击我。"

她笑着说道："噢没有呀，我不过是说你不可能永远事事都对。总之，我喜欢说话的时候带一点刺儿，搞搞字眼上的战争。这让才思更敏锐，而且我不过是自话自说罢了。"

我双手抚膝，下颚抵胸。我命令自己保持善意。

我问制片人："字眼上的战争？你真想把我拉进字眼战的竞技场吗？"

她冒失说道："是，没错；我就这么想的，对。"

"但是，我可不这么想，还是让我们谈谈正事吧，我们不是为正事儿才来的吗？你们公司想要得到我的许可，改编我的短篇故事搬上银屏。我现在告诉你，不行。我不同意。”

她说：“您还没听我们的报价呢。”

我告诉她：“无所谓。我已经知道得很清楚，你们不会给我提供一个安宁或愉快的工作环境。你不会那么做，所以我必须回绝你的任何提议。”

我觉得我还可以加上以下这些话：“我敢担保你不会想成为我的对手，因为我一旦受到威胁，不战至胜利的那一刻是不会罢手的。其间，我会忘记我年长你三十岁，我可是以斗志昂扬著称的。争斗过后，如果我战胜了你，我只会感到尴尬不已，因为我动用了我生活中所有的苦痛、欢乐、恐惧和荣耀，只是为了战胜一个不知分寸、逮谁惹谁的女人，我很不喜欢自己这样。而如果你击败了我，我会崩溃，并很有可能开始扔东西。”

我从不为施暴而自豪，但我明白，每个人都应在乎自己，才能做好准备，有能力在任何时候、任何地方自我防卫。

科雷塔·斯科特·金女士

最近几年内，甚至是在最近几个月中，我满心不舍地告别了一些我相识相知超过四十年的朋友。我怀念这些朋友，我从他们身上学到了许多人生道理，有最甜蜜的，也有最痛苦的。

我想念詹姆斯·鲍德温和亚历克斯·哈里[1]，以及我们共同度过的那些高声谈笑、笑笑闹闹的周末。

---

1 亚历克斯·哈里（Alex Haley），美国黑人作家，其长篇家史小说《根》获1977年普利策特别奖，改编成电视连续剧上演后轰动美国。

贝蒂·沙巴兹[1]刚走不久，我甚至记得我最后一次为她做晚饭时她的穿着。汤姆·菲林斯[2]和我一起出了本书，他还给我已故的母亲画了一幅肖像，现在还挂在我的卧室里。奥西·戴维斯[3]去世前几天我还和他说过话，答应会替他和他妻子露比·迪[4]去华盛顿特区赴约。

最近的一次，是我挥泪告别科雷塔·斯科特·金[5]，一位天选的姐妹。每年近我生日的时候，我都会想起马丁·路德·金是在我生日那天被暗杀的，所以三十年来每一年的四月四号那天，我都会和科雷塔·斯科特·金互赠鲜花卡片或互通电话。

我发觉眼睁睁看着朋友和爱人去往那有去无回的

---

1 贝蒂·沙巴兹（Betty Shabazz），美国黑人民权运动领导人物之一马尔科姆·利托（Malcolm Little）遗孀。

2 汤姆·菲林斯（Tom Feelings），开创性创作了以非洲为题材的系列漫画，作品获奖无数，如凯迪克银奖、纽伯瑞银奖、“科丽塔·斯科特·金”奖、刘易斯·卡罗尔书架奖等。

3 奥西·戴维斯（Ossie Davis）：美国黑人演员、编剧、导演。

4 露比·迪（Ruby Dee）：美国老牌影星，著名剧作家、诗人、社会活动家。

5 科雷塔·斯科特·金（Coretta Scott King）：美国著名民权运动家马丁·路德·金遗孀。

国度，是件极为困难的事情。对于那个英勇的问题："死啊！你的毒钩在哪里？"[1] 我的回答是："在我心中，在我脑海内，在我记忆里。"

在逝者留给我的阒寂空间里，痛苦纠缠着我。她去往了何方？他现在在哪？他们是否像詹姆斯·威尔登·约翰逊[2]所说的"正安息在耶稣的怀抱中"？如果是这样，我那犹太、日本和穆斯林爱人们将如何，他们又依偎在谁的怀中？

只有当我退而承认我无须无所不知时，才能获得安宁。我提醒自己，知我所知已足矣，况且我之所知也未必真知。

每当发觉自己因失去一位爱友而愤懑满腹时，我总是试着尽快让自己想起，我所关心、追问的，其实更多的应该是我从逝去的挚爱身上学到或还能学到些什么。他们留下了什么遗产，可以帮助我更好地度过人生？

---

1 见《新约·哥林多前书》15：55。

2 詹姆斯·威尔登·约翰逊（James Weldon Johnson），美国黑人诗人。

我是否学会更友善，

更耐心，

更慷慨，

更博爱，

更乐于开怀大笑，

更易于接受坦诚的泪水？

若我收下逝去挚友的这些遗产，我就可以对他们说，谢谢你们的爱；也可以对神说，谢谢您赐予他们生命。

吊唁

宇宙中极短暂的一瞬间，面纱揭开了。秘境已然为人所知。在群星背后，一切有了答案。蹙眉舒展，眼睑垂闭，遮住了那目不转睛的凝视。

你的所爱曾居于这宇宙。你在日光中苏醒，在月光的怀抱里沉睡。所有的生命都是礼物，向你敞开、为你抽枝发芽。唱诗班向着竖琴歌唱，你的双足将你领向古老的鼓声。因为那时你与你的所爱相互扶持前行。

而现如今你面前的每一天，枯乏、雷同如沙丘。

在这悲伤的季节，你看不见我们这些爱你的人。我们的言语让环绕你的空虚生了烦忧，我们究竟说了些什么你也无法明了。

然而，我们就在你身边。我们一直在你身边。我们满心地支持你。

我们永远爱你。

你并非孤身一人。

在谦逊之谷中

七十年代初，我受邀去温斯特-萨勒姆的维克森林大学演讲。那时这所大学刚取消种族隔离政策。

我告诉我丈夫，我对这次访问很感兴趣。他是个营造师，刚签了一大单合同，因而无法陪我去。我给纽约的好朋友多莉·麦克弗森（Dolly McPherson）去了电话，她答应会在华盛顿特区和我碰头，然后我们一起南下。

我的演讲反响很好，在我离开大楼前同学们纷纷迎上前来，想和我私下聊聊。

我和多莉一起去了学生休息室。在那里，沙发、椅子、凳子，乃至地上的垫子上都坐满了学生。他们明显和坐在下首的那群黑人学生保持了距离。

那些学生心直口快地发问。一个白人青年说："我今年十九岁。我很快就算得上是男人了，但准确来讲，我还是个男孩。但是那边那个家伙——"他指向黑人学生，"我一叫他男孩他就生气，但我们明明一样大。为什么会这样？"我冲那个黑人学生挥了挥手："他不就在那儿么，你为什么不直接问他？"

一个黑人女学生说："我上了很好的高中，而且还是毕业生代表。我英语讲得很地道，可他们为什么——"她冲白人学生扬了扬头，"觉得我需要他们说话带口音，而且还是重得我都听不懂的口音？"

我让她告诉我他们是怎么跟她说话的。她说："他们这样说，'嘿，哥儿几个都好着呢？都还好哇？'[1]"她的南方口音太夸张了，引得哄堂大笑。

我说："他们就在你面前，你干吗不直接问？"

1　原文用了美国南部常用的缩略词和用法（用 y'all 替代 you all，doin' 替代 doing，等等）。

当他们开始彼此交流时，我忽地意识到，其实他们是把我当成了桥梁。这些学生的父辈从未找到共同话头，可以彼此平等交流，而现在他们的孩子在创造着彼此间对话的机会。我同他们坐到午夜，其间一直鼓励、引导、敦促他们多说话。

当我起身时，已精疲力尽，维克森林大学的汤姆·穆林（Tom Mullin）院长向我发出了邀请："安吉洛博士，如果你哪天想退休了，维克森林大学时刻欢迎您。我们很愿意为您腾出个教席。"我礼貌地向他表示谢意，心知我永远不会回到南方来生活。

第二天早上，多莉和我很早到了机场，还有空闲在咖啡馆里吃早餐。我们坐在桌边，点了单。等了三十分钟都没人给我们上菜。我这才注意到我们是这家馆子里唯一的黑人顾客。

我告诉多莉："姐们，准备好去监狱吧，因为如果这些人不想给我们上菜，我会把这地方翻个底朝天。"

她冷静地说："行吧，姐们儿。"

我把服务生叫过来，她是个瘦高的白人。我说：

"半小时前，我姐点了一个芝士煎蛋卷，我点了培根和鸡蛋。如果你不想给我们上菜，你就直接告诉我，然后叫警察。"

瘦高女人立刻热切起来。操着一口柔软的北卡罗来纳口音，她说："不是这样的，大姐，只是我们的厨子没葛子[1]了。您瞧，这边半数的人都没吃上呢。葛子十分钟之内就会好，然后我就给你们上菜。"她发"葛子"这个词时听上去多了一个音节，像"葛呃子"。

我觉得自己是有史以来最大的傻瓜。我的脸发烫，脖子也烧了起来。我不知道该如何向服务生道歉，而多莉·麦克弗森也控制住了自己，没再提及我的愚蠢。当我回到安稳的家中，回到我沉稳的丈夫身边，我跟所有人讲了学校、学生和那份邀请的事，唯独没有提及那出机场闹剧。

我那时已经嫁给了保罗·杜弗（Paul DuFeu）。

---

1 葛子是一种玉米磨制的食品，又叫粗玉米粉。常见于中国东北南部和美国南方（称为 grits）。grit 是单音节词，服务员发成了"gri-its"。

他是营造师、作家，也是英格兰著名的漫画家。在相遇后的两天内，我们就知道彼此已共坠爱河，将长相厮守。

此后整整十年，我们给彼此带来惊喜、欢乐、怨怼和扶持。但一场意料之外的风暴呼啸过爱情的晴空。我的疑心惹得他恼火，于是他承认已经厌倦了一夫一妻的生活，需要更多刺激来调剂。

在我将开始全国巡回演讲之际，我们分开了。他是营造商，主要的生意都在北加州，我便决定将旧金山、那些桥梁和山川、美食餐厅与美丽的湾景一道作为礼物送给他。

离婚像人生中其他的仪式一样，将新风景、新旋律、新面孔和新地方，间或是新的种族，一道引入了我的生活。

我在国内各地进行演讲的同时，也在搜寻一个安全、柔软、能在我下跌时接住我的地方。身为作家，我理应能在任何地方写作，只要带上黄色记事簿、圆珠笔、兰登书屋字典、罗热同义词词典、钦定版圣经、一副纸牌，以及一瓶上好的雪莉酒。科罗拉多州的丹佛很美，但气候太干冷，何况纵然那里有不少黑人、拉丁裔和原住民，但城市本身没有完全消除种族隔离。我还去了田纳西州的查塔努加市，但似乎内战仍在该地延续，大部分人仍积极地站队在南部邦联[1]那边。

我访问过的其他城市，要么太大，要么太小、太与世隔绝。马萨诸塞州的剑桥似乎有我想要的一切：历史，大学，人种混居，很棒的书店、教堂，以及适合在周六晚上聚会的场所。可以与之竞争的只有温斯顿-萨勒姆，在北卡罗来纳州，优点差不多。两个城镇我都访查了两次。

我最终放弃了剑桥市，因为我是个南方女人，无法优雅得体地赏雪，而位于马萨诸塞州的剑桥的雪量已远超我的舒适范围。

我搬到温斯顿-萨勒姆之后，维克森林大学教务长艾德·威尔逊博士（Dr. Ed Wilson）和十年前向我提供教职的汤姆·穆林博士一起来看我，他们提出可

1　美国内战时南方邦联支持蓄奴。此处作者意指该市大部分人口仍有些种族歧视。

以给我雷诺兹[1]终身教授讲席。我向他们致谢，并说让我先教一年，看看自己喜不喜欢教书，是不是真的喜欢温斯顿-萨勒姆。

三个月的教书生涯给予了我极大的启示，让我意识到，我并非会教书的作家，而是会写作的老师。

早先几次访问北卡的时候，我就同英语系主任伊丽莎白·菲利普斯及其他的教职工交了朋友。傍晚吃完晚饭后，或是吃完中饭后的下午，我总是要问他们一些令我迷惑的问题。我想弄明白，他们怎么能接受种族隔离。他们真的相信黑人低白人一等？他们真的觉得黑人生来就有传染病，以致在公交车上坐在我们旁边是危险的，而与此同时却又让我们给他们做饭，甚至给他们的宝宝喂奶？

当听到新同事坦白、诚恳、尴尬和时而悔恨的答复时，我备受鼓舞。“说实话，我从来没有细想过这件事。从来如此，似乎将来也会如此。”“我确实考虑过这件事，但觉得自己没法改变这一切。”“当那

1　温斯顿-塞勒姆小镇因雷诺兹烟草公司闻名。——编者注

些年轻黑人坐在格林斯博罗的五角店外抗议时，我真的很为他们感到骄傲。我还记得当时希望自己也是黑人，能够参与。”

即便我并不喜欢，但我必须承认他们的无力感是可以理解的。他们的回答印证了我的信念：在所有美德里勇气最为重要。我想，倘若我是一个生活在种族隔离年代里的白人，很可能也会选择随波逐流。

温斯顿-萨勒姆的生活让我得以疗愈身心的伤痛。起伏的山水间满是怒放的山茱萸、紫荆、紫薇树，以及六英尺高的杜鹃花丛。四英尺宽的杜鹃花丛五颜六色，在这里漫野遍生，姹紫嫣红。

温斯顿-萨勒姆位于皮埃蒙特[1]——字面意义上的大山脚下。大烟山脉和蓝岭山脉斜卧于我们头顶。我喜欢北卡的幽默感。当地人说他们州是谦逊之谷，被两座自负之塔——弗吉尼亚州和南卡罗来纳州——所俯视。

我高兴地发现，这里有很好的博物馆，有唱诗班

1　Piemont，在法语中有山脚下的意思。

与之相辅相成的出色教堂，以及一所一流的艺术学校。那所学校给百老汇戏剧输送了许多明星，还培养了一位纽约交响乐团的首席小提琴手。

当地人歌唱时的柔软口音及英语的创新用法让我倾倒。在超市里收银员问我是否喜欢温斯顿-萨勒姆。我说："我喜欢这儿，但接下去天气会很热。我不知道受不受得了。"

收银员一边按部就班地算账一边对我说："没错，安吉洛博士，但走着走着也就过去了。[1]"

这里有锡安山浸信会可以让我加入，它有很棒的合唱团和虔诚的牧师。附近还有一所专为镇子服务的重要的教学医院。我的一位同事研究艾米丽·狄金森（Emily Dickinson），另一位研究十八、十九世纪的欧洲诗歌，这意味着我能找到朋友一起讨论诗歌，那是我最喜欢的话题。

温斯顿-萨勒姆并非十全十美。许多笑脸背后依

---

1 原文为"it gone get gone"，意为"它会过去的"，虽然语法上完全错误，但是这一句话的四个词里三个由"g"打头，形成头韵，还有两个"gone"重复使用。中文用"走着走着"勉强对应。

然掩藏着泛滥的种族主义，在某些人的圈子，说起女人时，仍把她们当作漂亮的花瓶。我已故的友人约翰·O. 基伦斯[1]曾跟我这样说："佐治亚的梅肯是更南的南方，纽约市则是稍北一点的南方。"

不管在什么地方你都能发现愚昧无知的胡说八道。

十九世纪末、二十世纪初的伟大非裔美国诗人安妮·斯宾塞[2]热爱弗吉尼亚州和罗勃特·白朗宁。她有一首诗，叫"可怜的白朗宁，终身……"里面有一句：

"天堂是春日的弗吉尼亚。"

弗吉尼亚州或许如此。我知道北卡罗来纳州和温斯顿-萨勒姆尤其如此。

---

1 约翰·O. 基伦斯（John O Killens），极有影响力的小说家、散文家、编剧和教师，被公认为黑人艺术运动的精神之父，小说《雷鸣与合唱》曾获普利策奖提名。

2 安妮·斯宾塞（Anne Spencer），哈莱姆文艺复兴时期重要人物，是第一位入选诺顿现代诗歌选集的黑人女诗人。

国家精神

近四十年来，我们的国家精神和本真的快乐已消退。我们不再对国家抱有更高的期待。未来的希望是如此虚妄，以致谁若胆敢承认美好的明日仍可期待，就会有被冷嘲热讽的风险。

我们怎么会如此迟暮而孤独地沦落到这个地步？什么时候我们不再渴求占据道德高地，而任由某些人以粗鄙的指责和恶心的猜忌秽乱国家的景色？

我们曾在欧洲为消除谋杀一个种族的雅利安威胁而浴血奋战，难道我们不再是那样的人了吗？难道我们未曾为创造一个更好的世界而奋斗、祈祷、规划过吗？难道我们不再是那些为了将所谓的合法种族歧视从国土上清除，而战斗、游行乃至坐牢的公民吗？难道我们未曾梦想建立这样一个国家，在那里自由是民族良知、尊严是国家理想吗？

我们必须要求未来的领导者明了我们这些被领导者的真实渴求。我们不会选择像兽群一样被驱赶进一幢燃烧着仇恨的建筑，或是某个充斥着褊狭气息的系统。

政治家必得立意高远，我们才会基于自身不同的政治倾向——民主党、共和党、独立派——随其前行。

我们必须正告政治家，若他们继续沉浸于污秽的泥潭，则终将成为孤家寡人。

如果我们容忍庸俗粗鄙，我们的未来将在无知的重压下摇摆不定。一切本无需如此。我们有勇于面对未来的头脑和心灵。在我们的有生之年，在我们自身的范围之内，承担起我们的责任吧。为了敬承先人，启育后代，我们必须做有礼、勇敢、善良的美国人。

就从现在开始吧。

唤回南方的根

在经历了几代人的分离，几十年的忘却后，提起南方依然会勾起早年痛苦和快乐的回忆。在二十世纪之初，许多非裔美国人离开南方城镇，逃离压垮人的偏见和禁令，北去芝加哥与纽约城，西去洛杉矶和圣地亚哥。

他们为令人兴奋的承诺所吸引——更好的生活、平等、公平竞争以及旧时美国人享有的四星级自由。他们的期待在即刻实现的同时被打落在地，成了一块块失望的碎片。

从只能做整日面对黄土背朝天的佃农，到有机会在工会协议保护下工作，自我实现感油然而生。而悲哀的是，在过去三十年里，归因于工业的计算机化，以及更多工作岗位流向海外，这些职位不断削减。移民想象中不再有种族偏见的环境，实则也有方式不同的歧视，甚而至于这种歧视可能更羞辱人。

一小部分拥有高技能、受过良好教育的黑人，找到并稳稳地攀上了成功之梯。而没有技术也未受过良好教育的黑人劳工，则被系统所唾弃，如同无法消化的西瓜子一般。

他们开始发觉自己的生活不断贬值，他们的个体人格遭人轻贱。许多二十世纪初的早期移民，开始怀念南方山水的实诚，哪怕在那里他们是仇恨煽动者的靶子，但至少被当成活人。而北方白人，人前挂着自由包容的微笑，人后则是绝对的排斥，这让移民们疲惫不堪，怒火中烧。

尽管如此，他们还是留下了，留在了大城市的棚屋里，挤在出租房里，最后流向恶意满满、很快罪犯遍布的街头。他们拉扯孩子长大，每年夏天把他们送到南方，去拜访爷爷奶奶、外公外婆、七大姑八大姨，乃至整个大家庭。这些孩子，大部分在北方城市长大成人，却带着南方的夏日、炸鱼薯条、周末烧烤以及南方教养记忆，而这些记忆现在已经死去了。也是他们，最终成了回到南方定居的那拨人。但当他们回到南方，往往发现那里的亲戚要么已经死去，要么已搬去底特律，或是俄亥俄州的克利夫兰。而他们则搬来亚特兰大——“你们大伙儿还喜欢浩特兰大吗？[1]”——还有新奥尔良，而他们很快就学会用正确名字“纽奥良”[2] 来称呼这座历史名城。

他们回到南方，在他们先人的土地上寻找或是整置出一块地来安放自己。他们在祖先数十年前植下的树木的遮荫下交朋结友。

许多人这样生活很快乐，却无法解释这种情感。我倒觉得其实很简单：大体上，这让他们感到自己很重要。南方的主旋律有慷慨甜美的爱，也有残忍刺骨

---

1 原文用了南方口音：y'all 代替 you all，Hot Lanta 代替 Atlanta。

2 新奥尔良（New Orleans）是现在官方的名称，纽奥良（N'awlins）是南方本地人带口音的名称。

的恨，但从未有人说南方小气或冷漠。哪怕是在阿肯色的斯坦普斯小镇，黑人走路时的神态也仿佛在无声地诉说："当我走进来，他们要么喜欢我，要么不喜欢，但至少所有人都清楚，我在这儿。"

幸存

失望的飓风

将我的梦中小屋掷碎于地

而怒火长成八爪鱼的模样，触手缠紧我的灵魂

我制止了自己。我在滑轨上刹车，

寻找唯一那件

能疗伤的东西。

我在记忆中寻到它

一张孩子的面孔

任何孩子的面孔

望着渴望的玩具

满脸甜蜜惊喜

一张孩子的面孔

眼含着希冀与期待

那一瞬我意识到我正凝视着一张面孔

有着年少无邪的馨甜，吸引我

离开沉郁与绝望，投入一派风和日丽的宜人

希望之中

每次追寻真爱

却总被引至地狱之门

那里静候着撒旦，正张开双臂

我想象女性友人的笑，

她们的嗓音清脆，就像风铃

被穿寻的微风簇在一起

我记起男人开心时健朗的大笑

我的双足就不慌不忙、目标明确地

迈进咄咄逼人的敞开大门里

抵达一处，远离心碎的恶魔

我是一个建造者
偶尔建造得体，却时常
没有在建造前查探
我未来建筑物的地基
我建起一幢漂亮的屋子
才在里头住了一年
它就顺着潮汐缓缓漂远
原来我将地基打在了
变化流动的沙丘之上

我也曾建起一座
巍峨的府邸，窗户闪亮
如同镜子
墙上挂着
贵重的织锦，然而
大地只是
轻微地震动，就墙倾地裂

我的城堡在脚边碎成一堆瓦砾

世情之无常，以及终将颓圮的
建筑，正是爱情日渐衰亡方式的写照.

我发觉在友情里
柏拉图式的爱，以及对孩子
家庭式的爱可以倚靠
确实能托起伤痕累累的灵魂
修复受伤的心灵
而我已经受够了
情欲的罗曼司

直至……

向年迈的爱侣致敬

最近一位六十五岁的女性友人嫁给了一个五十二岁的男人。婚礼上许多人面色僵硬，显出不赞成的态度。他为什么要娶她？难道就没有小三四岁的合适女人啦？她嫁给他又图啥？十年内，骨质疏松症就将像连马鞍都不用的骑手那样骑上她的背，而关节炎则会让她的双手变形。既然年轻时候找不到伴，她就理应放弃，听天由命，独自走完暮年。

而对此我是怎么看的呢？我要说："我赞扬爱侣们，他们令我振奋，他们的勇气鼓励了我，他们的激情感染了我。”

我来讲述爱情
讲述它的溪谷与丘陵
它的震颤，寒意与兴奋，
我来讲述我爱着爱情
以及我爱那正爱着的爱情
并且我也确确实实爱着
勇敢坚定的心
敢于去爱。
今天，这些爱侣
打破胆怯的枷锁
站了出来
在全世界面前说
　　“瞧瞧我们吧，亲友们，
　　我们决不否认岁月
　　留在我们身上的烙印
　　以及为过往的破碎誓言
　　所灼伤的灵魂。

你兴许觉得这番诺言
应当留给更年轻的心灵
但爱赋予我们勇气冒险
大胆踏入神圣的
婚姻国土，明知皱纹已丛生，
我们依然勇敢地
展露它们于人前
我们的骨骼也知晓岁月的
分量。
然而，我们敢于
逼退孤独
并拥抱
那在美满婚姻里找寻到的
令人振奋的身心交融。
我们勇敢，我们希望。”

他们因爱而有福了，并且他们的爱之光也给我们所有人的生活添了光彩。

谢谢你们，爱侣。

毕业典礼上的致词

现在，工作开始了
现在，欢乐开始了
现在，多年的准备
多年枯乏的研究
以及让人兴奋的学业
都有了答案。

纷乱无章的词句和
缠绕纠结的大小概念

开始服从指令
今晨你们可以看清
你们庞大
未来计划的一隅。

你们勤勉的辰光，
你们父母的希望，
和你们导师的辛劳
造就了这一刻，
交到你们手中。

今日，你们是清晨的
公主与王子
夏日的贵妇与老爷
你们已展现了最为
非凡的美德
因为今日，当你们坐着，
身披努力赢得的长袍，
无论是字面还是象征意义上，

我看见你们眼里满溢的勇气。
因为即便你们都
聪颖，智识敏锐
也须得拥有勇气
才能抵达这一刻，
你们兴许

如常被描述的那般
享有特权，那无疑意味着
殷实的家境，又或你生来便一直在为生存而战。
无论哪种情况，你都必须培养
过人的勇气
以便创造这一刻。

在所有品质中，年轻、
美貌、聪敏、善良、宽容，
勇气才是你们最伟大的
成就。

因为缺失了它，你们无法将其他
美德一以贯之。

而今你们已经显出
有能力塑造
最令人惊叹的美德，

你们必须自问：

你们将用之何为。
无疑，这个问题
也会浮现在别人的脑海：你们的
长辈、父母、
并不认识你们的陌生人，
你们的学弟学妹
明年或是若干年后
他们将身披同样的长袍、披风，坐在
你们今日的座位
也会问这个问题

你们将怎么做？
有一句非洲谚语

契合你们的处境。
那就是：“蟊贼的难题
并非如何偷窃酋长的
号角，而是在何地将其吹响。”

你们是否预备以劳作
来使这个国度，我们的国度
比现今更上一层楼？
因为那是该做之事。
那才是你们
奋力工作的缘由，你们耗费的
精力与时间，
你们父母的金钱
或政府支出的钱
只是为了让你们改变自己的
祖国和自己的世界。

抬起目光越过垂穗的帽檐
你们就能瞧见不公。
在你们指尖
便能发现种种残忍，
憎恨毫无缘由、悲痛固如磐石
孤独令人悚然。
你们的工作就在此地。

做一些改变，
凭这学位，你们
努力获得的学位，去助长
这世上的德行。

你们的人民，所有的人民，
都期望你们
是为此工作的人。

订单如雪片，

需求巨大。
但你们能够全心振作。
因为你们清楚，你们
已展露勇气。
并且始终牢记
只要一人心怀善意，
便能成为万千人。
因为生命是最宝贵的礼物
既然生命只有一次，
让我们这般生活，不会悔恨于
一事无成和堕怠的岁月。

你们会惊异于在时光中
那些一心钻研探索的白日
有损健康的临阵磨枪的夜晚
终将被遗忘。

你们会惊异于这些年的
无眠之夜，以及多少个月的

发愁日子，川流不息地汇成
另一个事件，它的名字就叫
“美好的往昔”。你们再也不能
重访那些时日，即使手握邀请函，
因为你们必须直面如今的自我。
你们准备
走出校园，改变你们的世界。

很高兴来到你们的毕业典礼。
由衷地祝贺

诗歌

张开我的双臂

面对骄阳，

舞蹈！旋转！旋转！

直到短促的时日结束，

歇息在苍白的暮色里……

一棵细高的树……

黑夜温柔地降临

漆黑如我。

（出自《兰斯顿·休斯[1]诗集》，Alfred A. Knopf & Vintage出版社）

倘若非洲诗人和非裔美国诗人共有一个主题，最有可能是"难道会有人不想……'漆黑如我'？"黑人诗人酷爱他们的肤色，将掌心粉红的黑手深深浸入漆黑中，并充满仪式感地将自己的身体涂成黑色。

作品中充盈的自豪之情想必吓懵了欧洲读者。侮辱贬低中怎能生出不自胜的欣喜？暴虐的囚牢里怎能拖曳出狂喜？社会拒斥之人如何在自我中找到尊严？

艾梅·塞泽尔[2]在谈论非洲人时写道：

那些不曾发明火药与指南针的人

---

1 兰斯顿·休斯（Langston Hughes），美国文坛（尤其黑人文坛）重要人物，被誉为"黑人民族的桂冠诗人"。

2 艾梅·塞泽尔（Aimé Césaire），法国殖民地马提尼克出身的黑人诗人、作家、政治家，法国共产党党员和特立独行的人权运动斗士。

那些不知道如何掌控蒸汽与
电力的人
那些不曾探索过海洋与天空的人
但倘若没有他们，地球就不是
地球……
我的黑人性[1]并非石块，它的耳聋掷
向
白日的喧嚣；
我的黑人性并非死水里的灰尘落在
地球死去了的眼中
我的黑人性并非高塔亦非大教堂……
却在不透光的沮丧上穿了个孔，凭着它直挺
挺的
耐性。

（出自《回返故土》，Bloodaxe 出版社）

塞泽尔笔下那种精神同样启发了美国黑人诗人麦

1 原文使用“negritude”，意为“非裔黑人特征”或“非裔黑人血统”。

尔文·B. 托尔森[1]，让他写下：

这片土地之上没有人能对
我们今天的黑人讲：
你们用白手起家的童话愚弄穷人，
留给劳作者空空如也的食盒。
这片土地之上没有人能对
我们今天的黑人讲：
你们喷出火焰焚毁坦克，
像成群的蝇子
还将一个地狱从爆裂的空中泵出。
你们用腐尸填满机枪扫过的城镇。
一片无人的土地，只有孩子为了面包啼哭。

（出自《黑人大篷车》，Citadel 出版社）

玛丽·埃文斯[2]则在《我是个黑女人》这首诗

1 麦尔文·B. 托尔森（Melvin B. Tolson），美国黑人诗人，1947 年利比里亚共和国授其“桂冠诗人”之称。

2 玛丽·埃文斯（Mary Evens），非裔美国诗人、儿童文学家和剧作家。

中，将一颗真心献给所有非裔美国人，尤其是女性：

我

是个黑女人

颀长如柏

健壮

超越一切定义

蔑视地点

时间

与环境

　　受攻击

　　　　无动于衷

　　　　　　坚不可摧

看着

　　我并重获

新生

（出自《我是个黑女人》，William Morrow & Co. 出版公司）

黑人诗人揭露压迫，实则是受更早的哈莱姆文艺复兴[1]作家的启发。这些美国黑人诗人将他们的黑色宣示于天下，把他们的肤色当作旗帜，高举着进入专属白人的文学世界。当兰斯顿·休斯的诗歌《我已知晓河流》成为集会的口号，呼吁美国黑人以肤色为荣时，这种豪情也将在那些身处于依然是法英殖民地的非洲人内心深处回响。

斯特林·A. 布朗[2]的《坚强者》对于黑人诗人来说是一剂苦口良药：

他们将你从家乡偷走
他们将你铐上带来
他们贩卖你
他们鞭打你
他们给你烙印

1 20世纪20年代的一场黑人新文化运动。该运动中心位于纽约哈莱姆黑人区，故因此得名。

2 斯特林·A. 布朗（Sterling A. Brown），美国黑人诗人、教师，其诗歌受到爵士乐、蓝调、劳动号子和宗教的影响，和同时期的黑人诗人一样，其作品表达了对美国种族问题的关注。

他们把你们的女人当作种畜
他们混进杂种让你们的人口增长

你们高唱："像条一尺长的可怜虫，一次爬一尺"
你们高唱："一道走，孩子们……不能厌倦"

坚强者继续前行
坚强者越发坚强。

（出自《黑人大篷车》，Citadel 出版社）

这首诗与克劳德·麦凯[1]的《白房子》、康蒂·卡伦[2]的《遗产》一起，成为殖民地非洲人的指路明灯。加勒比地区的、非洲大陆上的黑人与美国黑人有不少共同之处。他们肩负沉重的责任，用殖民者的语

1 克劳德·麦凯（Claude McKay），美国作家、诗人，哈莱姆文艺复兴运动的中坚人物，与康蒂·卡伦（Countee Cullen）和兰斯顿·休斯并称哈莱姆文艺复兴诗歌领域的"三驾马车"。

2 康蒂·卡伦：哈莱姆文艺复兴时期最具代表性的诗人之一。后被选为美国有色人种进步协会哈莱姆分会主席。

言书写反殖民的诗歌。换言之，他们得用敌人的大炮来削弱敌人的力量。他们还想更进一步，希望依靠雄辩和激情化敌为友。

这希望依然存在，可以在兰斯顿·休斯的诗歌《我，也会为美国歌唱》中聆知。

我，也会为美国歌唱。

我是深色的兄弟。
他们打发我到厨下吃饭
每当有人来访。
但我笑着
好喝好吃
日渐强壮。

明天，
我会坐在桌边，
当有人来访。
无人再敢

对我说

“到厨房吃去”，

在那个时候。

除此之外，

他们还将发现我有多美，

并感到羞耻——

我，也是美国。

（出自《兰斯顿·休斯诗集》，Alfred A. Knopf & Vintage 出版社）

锡安山

在旧金山时，我一度成了一个老于世故者，假模假样的不可知论者。并非我不再相信神了，而是神似乎并不在我常去的社区附近。随后一个声乐老师给我推荐了一本书《真理的教训》，是由实践基督教联合学校出版的。

声乐老师弗雷德里克·威克逊桃李满天下，学生中有歌剧演唱家、夜总会歌手、唱片艺术家和卡巴莱艺人。每月一次，他召集我们聚在一起读《真理的教训》。

一次阅读时，老师、我和其他学生——他们都是白人——围坐一圈。威克逊先生要求我读一段以“神爱我”结尾的章节。我读完那一篇，合上了书。老师说：“再读一遍。”我刻意地装模作样地打开书，带点嘲讽口气地念道：“神爱我。”威克逊先生说：“再念一次。”我怀疑自己被捉弄，成了这个专业、年长且全是白人的小圈子的笑料。在第七次重复之后，我上心了，心想这些话语中或许有那么点儿真理。有可能神确实爱我，爱我玛雅·安吉洛。我突然哭了起来，面对着这严肃和伟大的一切。我知道，神若爱我，我就可以做出精彩的事情，可以尝试伟大的事情，学习一切，达成一切。因为有了神，一人便成了万千人，还有什么可以阻挡我呢？

如今这种认知教我谦卑，融化我的骨骼，闭合我的耳朵，使我的牙齿在牙床上松动摇摆。它也解放了我。我是一只大鸟，振翅飞过高山，在晴朗的山谷中歇脚。我是银色大海上波涛的涟漪。我是春日的叶片，因期待着生长成熟而颤抖。

能成为位于北卡温斯顿-萨勒姆的锡安山浸信会

成员，我心怀感激。我也受华盛顿特区大都会浸信会的照拂，我还是位于加州旧金山的格莱德纪念卫理会的一员。

在这些机构，无论是我所做的事情还是其他未竟之事，我都将参与并尽责。我知道，我终将面对神，并承担责任。我可不希望被论定为有所欠缺。

葆有信仰

哪怕到了这人生的第七十个年头，仍会有不少事情让我吃惊。每当有人来到我面前，我还没问就主动说他们是基督徒，我会吃惊，或至少却步。我的第一反应是问他们："这是真的？"

对我而言，成为基督教徒似乎是毕生的事业。我坚信，对于想要成为佛教徒、穆斯林、犹太教徒、耆那教徒或道教徒的人，也是如此。努力按照自己的宗教信仰生活的人都知道，完美的境况无法达到，也不能永久葆有。极乐只在于探寻过程本身。

经历大萧条而幸存，对所有人都非易事，更何况对于一个在南方州只身照料瘸腿的成年儿子，同时抚养两个年幼孙辈的黑人女性。

我对我唤作“阿妈”的祖母最早的记忆，是隐约间瞥见的，一个高大的、肉桂色皮肤的女人，嗓音低沉而柔和，凌空站立在千尺之上，而她之下空无一物。

每当面临挑战，阿妈会将手背在身后，十指紧扣，仰视上方，好似她能凭意志上天，而且身板挺直，乃至于有足足六英尺高。她会特地告诉家人——大体上也就是她的世界：“我不知道怎么才能找到我们想要的东西，但是我会因神的旨意而站出来。我正试着成为一个基督徒，我只会因神的旨意而站出来。”刹那间我看见她飞到了空中，脚踩月亮，头顶星星，彗星绕着她的肩旋转。自然，她身高超过六英尺，又因神的旨意站了出来，她就是天堂里的一个巨人。我很容易将阿妈看作一个强大的人，因为她的脚下是神的旨意。

多年后我想起祖母，于是写了一首福音歌曲，由密西西比民众合唱团热情演唱：

你说倚靠在你臂膀上，
我正倚靠着
你说相信你的爱
我相信
你说呼唤你的名字
我呼唤着。
因为你的旨意我站了出来。

每当我开始怀疑神的存在，就仰头看天。那里，就在那里，在月与星之间，我的祖母必定站在那里，唱着一首长长的赞美诗，一首介于太息与摇篮曲之间的歌，随后我便知道信仰就是看不见的事物存在的证据。

我该做的一切，就是不断地尝试成为基督徒。

译后记

接触到玛雅·安吉洛纯粹是机缘巧合。

四年前，在我去现在就读的学校面试之前，爸爸塞给我一本《我知道笼中鸟为何歌唱》。没什么特别的缘由，不过因作者出生在圣路易斯，而我或许将去往那个城市罢了。唯一蹊跷的是，他没有推荐《四个四重奏》，那是他更喜欢的，而 T. S. 艾略特也生在圣路易斯。

我当时十分迷惑。我那时完全不懂诗歌，对美国的语言、文化、宗教种族纠纷也没什么概念。一本书读下来，只觉得安吉洛年少时境遇不幸，感到些许无用的同情。

在美国的第二年，我碰巧获得了翻译本书的机会。兴奋之外更多的是惶恐。我真可以吗？凭一口比英语还烂的中文？我自己只懂个十之八九，怎有资格翻译给读者看？但在美国的生活，已让我逐渐习惯面对挑战，于是，这长达两年的翻译经历就此开始。

两年对一个成年人而言或许像是凉白开水——很少有人从四十岁到四十二岁会像变了一个人（我父亲又是一个例外）。但两年时间对少年而言，却常有变身药水的功效。我十五岁开始翻译这本书，现在十七岁，接近成年，其间的变化恐怕一言难尽。不光见闻像指数方程般增长，更多的是对自己的认识。只身在美做小留学生，使我比旁人更早地离开父母的羽翼。我常常需要自己去面对之前茫然无觉的境遇，因为已不再有人能够为我规划前路。于是常有这样的闪念：我是谁，或用哈姆雷特的话来讲，“谁在那儿？”思索的过程本身比结果重要，但无论如何，十五岁开始翻译时的我，与十七岁正在写译后记的我是截然不同的两个人了。所以现在再回头看玛雅·安吉洛，我或可以稍稍狂妄地说我有些明白她的书了。

很少有人的经历能像安吉洛这般丰富。早年的艰辛磨炼了她的心智，却没有磨平她的精神，反而令她的灵魂更为锐利。如要将她传递给世界的讯息浓缩成一句话，我会斗胆说是“去爱”。这并不关乎罗曼蒂克的爱和柏拉图式的爱，更多的实则是自爱与大爱。这都是世间最难的事，因为怨与恨远比爱来得简单。想要爱自己，须得先认识自己，还得坦然接纳自己的一切不足、一切软弱、一切恶。去爱世间也是一样，得先明白人世满是不堪入目的苦难，而命运是个无情的娼妓。懂得了这一切之后，选择去原谅并爱这个世界是多难的事啊。

可安吉洛做到了。意志也好，信仰也好，无论是什么支撑着她，她终归是做到了。她曾被歧视，被强奸，被侮辱，刚成年就成为单亲妈妈，而她回给这个世界的却是一个拥抱。如弥尔顿所言，“未经试炼的信仰、爱与美德”算是什么？单纯幸福的小孩子当然有能力去爱，但只有饱受生活折磨的成年人才懂得爱的困难与重量。

于我而言，这也是本书带来的最大启迪。无论是成长还是思考都伴随着痛苦。从十五岁到十七岁，我也历经大大小小的磨炼。孤独、怀疑、绝望、怨恨，许多负面情绪都曾侵蚀过我，试图从内里把我切成一块块，要让我支离破碎。把我重新粘合起来的是我自己，是父母、老师的鼓励和开解，是友人的陪伴；是清晨照进屋里的第一束光；是对身边人的爱，是身边人对我的爱；是希望。我且做不到去爱所有人，但我仍在尝试。这尝试兴许将延续一生。

最后，我想用安吉洛写在题记里的那首诗来结尾。我们兴许都是笼中鸟，被囚在不同的牢笼中，但我们仍将歌唱。

The caged bird sings
with a fearful trill
of things unknown
but longed for still
and his tune is heard

on the distant hill

for the caged bird

sings of freedom.

2019 年 10 月

于密苏里州圣路易斯市

图书在版编目（CIP）数据

致女儿书/［美］玛雅·安吉洛著；黄静远译. —上海：上海三联书店，2020.5
（女性三部曲）
ISBN 978-7-5426-7003-8

Ⅰ.①致… Ⅱ.①玛…②黄… Ⅲ.①文学—作品综合集—美国—现代 Ⅳ.①I712.15

中国版本图书馆 CIP 数据核字（2020）第 051106 号

致女儿书

著　　者 /［美］玛雅·安吉洛
译　　者 / 黄静远
责任编辑 / 李巧媚
装帧设计 / shinorz.cn
监　　制 / 姚　军
责任校对 / 张大伟　王凌霄
出版发行 / 上海三联书店
（200030）中国上海市漕溪北路 331 号 A 座 6 楼
邮购电话 / 021-22895540
印　　刷 / 上海展强印刷有限公司
版　　次 / 2020 年 5 月第 1 版
印　　次 / 2020 年 5 月第 1 次印刷
开　　本 / 787×1092　1/32
字　　数 / 60 千字
印　　张 / 6.125
书　　号 / ISBN 978-7-5426-7003-8/I·1621
定　　价 / 38.00 元

敬启读者，如发现本书有印装质量问题，请与印刷厂联系 021-66366565

Published in the United States by Random House.
an imprint of The Random House Publishing Group.
a division of Random House, Inc. , New York.

RANDOM HOUSE and colophon are registered
trademarks of Random House, Inc.

Grateful acknowledgement is made to the following for permission
to reprint previously published material:

Mari Evans: *Excerpt from* "I Am a Black Woman" from *I Am a Black Woman by Mari Evans* (New York: William Morrow, 1970). Reprinted by permission of Mari Evans.

Alfred A. Knopf, a division of Random House, Inc. and Harold Ober Associates. "I, Too" and "Dream Variations" from *The Collected Peoms of Langston Hughes* by Langston Hughes, edited by Arnold Rampersad with David Russell, associate editor, copyright © 1994 by the Estate of Langston Hughes. Rights in the United Kingdom are controlled by Harold Ober Associates. Reprinted by permission of Alfred A. Knopf, a division of Random House, Inc. and Harold Ober Associates Incorporated.

Melvin B. Tolson, Jr. c/o The Permissions Company: Excerpt from "Dark Symphony from *Rendesvous with America* (New York: Dodd. Mead. 1944). Orignally published in *Atlantic Monthly* (September 1941). copyright © 1941, 1944 by Melvin B. Tolson and copyright renewed 1969, 1972 by Ruth S. Tolson. Reprinted by permission of Melvin B. Tolson. jr. c/o The Permissions Company, www. permissionscompany. com.

This translation published by arrangement with Random House, an imprint of The Random House Publishing Group, a division of Random House, Inc. through Bardon-Chinese Media Agency